tredition®

Impressum:

© 2015 Barbara Maurer

Fotos Buchumschlag und Buchblock: © Barbara Maurer

Layout u. Umschlaggestaltung:
Angelika Fleckenstein; spotsrock.de

Verlag: tredition GmbH, Hamburg

ISBN: 978-3-7323-6695-8 (Paperback)
          978-3-7323-6696-5 (Hardcover)
          978-3-7345-0631-4 (eBook)

Printed in Germany

Barbara Maurer

Von Katzen,

die ein Schiff versenkten

Inhaltsverzeichnis

Von Katzen

Vergangnen Maitag brachte meine Katze
Zur Welt sechs allerliebste kleine Kätzchen,
Maikätzchen, alle weiß mit schwarzen Schwänzchen.
Fürwahr, es war ein zierlich Wochenbettchen!
Die Köchin aber, Köchinnen sind grausam,
Und Menschlichkeit wächst nicht in einer Küche -
Die wollte von den sechsen fünf ertränken,
Fünf weiße, schwarzgeschwänzte Maienkätzchen
Ermorden wollte dies verruchte Weib.
Ich half ihr heim! - Der Himmel segne
Mir meine Menschlichkeit! Die lieben Kätzchen,
Sie wuchsen auf und schritten binnen kurzem
Erhobnen Schwanzes über Hof und Herd;
Ja, wie die Köchin auch ingrimmig drein sah,
Sie wuchsen auf, und nachts vor ihrem Fenster
Probierten sie die allerliebsten Stimmchen.
Ich aber, wie ich sie so wachsen sahe,
ich preis mich selbst und meine Menschlichkeit.
Ein Jahr ist um, und Katzen sind die Kätzchen,
Und Maitag ist's! - Wie soll ich es beschreiben,
Das Schauspiel, das sich jetzt vor mir entfaltet!
Mein ganzes Haus, vom Keller bis zum Giebel,
Ein jeder Winkel ist ein Wochenbettchen!
Hier liegt das eine, dort das andre Kätzchen,
In Schränken, Körben, unter Tisch und Treppen,
Die Alte gar - nein, es ist unaussprechlich,
Liegt in der Köchin jungfräulichem Bette!
Und jede, von den sieben Katzen
Hat sieben, denkt euch! sieben junge Kätzchen,
Maikätzchen, alle weiß mit schwarzem Schwänzchen!
Die Köchin rast, ich kann der blinden Wut
Nicht Schranken setzen dieses Frauenzimmers;
Ersäufen will sie alle neunundvierzig!
Mir selber, ach, mir läuft der Kopf davon -
O Menschlichkeit, wie soll ich dich bewahren!
Was fang ich an mit sechsundfünfzig Katzen! -

Theodor Storm

Das Sonntagsgeschenk

„Die werden Sie nicht durchbekommen", so lautete der lakonische Kommentar des spanischen Malers, den wir an jenem Montagmorgen im September 1995 in unsere neu erworbene Ferienwohnung in Nerja bei Malaga zum Streichen der Wände einbestellt hatten. Wir wollen es zumindest versuchen, war unsere nicht weniger lakonischeAntwort. Es war 9 Uhr morgens, eine Stunde vor Beginn der Sprechstunde des Tierarztes. Gemeint waren vier pelzige Winzlinge auf unserem Sofa, deren Anblick in der Tat geeignet war, Steine zu erweichen. Meine Gemütslage hatte eher etwas mit Panik zu tun, seit uns am Vortag diese neue Verantwortung, das Leben neugeborener Katzen zu erhalten, auferlegt worden war. Zum Glück würde Siegfried sich bald aufmachen können, um den Rat des Veterinärs einzuholen, und mit allem Nötigen für die Versorgung der Katzenbabies zurückzukommen.

Unser Sonntagsprogramm in Nerja begann in aller Regel mit einem Bummel über den örtlichen Trödelmarkt, der – wie auch der Wochenmarkt – auf einem unbefestigten Platz am Rande der Stadt abgehalten wurde. Kaum hatten wir das Auto auf dem Parkplatz des auch am Sonntagmorgen geöffneten Supermarktes abgestellt, als Siegfried, voll des Mitleids, einen streunenden Hund erblickte.

„Geh' du schon alleine weiter, ich kauf' etwas zu essen für den Hund, und wir treffen uns dann auf dem Markt."

Da es nicht sehr viel Stände auf dem Markt gab, konnte man sich leicht wiederfinden, und Siegfried berichtete mir eine Viertelstunde später mit Begeisterung, dass er zwei Mal im Supermarkt gewesen sei, um noch eine Wurst für den ausgehungerten Hund zu kaufen.

„Vielleicht solltest du deinen Hauptwohnsitz hierher verlegen und ein Asyl für streunende Hunde und herrenlose Katzen gründen", sagte ich scherzend. „Die Idee ist gar nicht so schlecht und wäre wert, dass wir gründlicher darüber nachdächten."

In diesem Moment wilder Zukunftsspekulationen konnten wir ja nicht wissen, dass uns zwar nicht die gesamte Population streunender Hunde und herrenloser Katzen des Städtchens Nerja anvertraut werden sollte, aber immerhin der vermutlich gesamte Wurf einer Kätzin, den jemand in einer einfachen Plastiktüte auf der Motorhaube unseres Autos abgelegt hatte.

„Dieser Schuft", entfuhr es Siegfried als wir ‚das Geschenk', vier neugeborene Katzen entdeckten, die wie ein einziger Körper mit vier Köpfchen aussahen und mit dünnen Stimmchen Pieptöne von sich gaben, die eher denen von Mäusen glichen. Wochen später sollte er seine Meinung grundlegend ändern, und die spontane Beschimpfung von damals sollte sich in eine Äußerung verkehren, die in etwa so klang: „Ich könnte demjenigen, der uns die Katzen auf dem Auto hinterlassen hatte, die Füße küssen."

Mir ging ein Licht auf: „Du bist beobachtet worden, als du den Hund füttertest, und derjenige, der auf der Suche nach Eltern für vier neugeborene Katzen war, konnte sicher sein, den idealen Vater gefunden zu haben.

„Was machen wir denn jetzt?", wir blickten uns ratlos an. Die armen Tiere würden verenden, wenn wir sie nicht mitnähmen. Wir waren beide tierlieb, hatten uns aber der Unabhängigkeit wegen und weil wir im zweiten Stock eines Mehrfamilienhauses an der Peripherie von Brüssel wohnten, nie ein Haustier zugelegt. Und jetzt jubelte uns jemand gleich Vierlinge unter! Unser Mitleid den hilflosen Kreaturen ließ uns keine Wahl, und so fuhren wir mit unserem ‚Geschenk' in unsere Ferienwohnung. Wären wir Hotelgäste gewesen, wie im letzten Jahr in Nerja, wäre die Sache anders verlaufen.

Zu Hause angekommen, füllten wir angewärmte Milch in Untertassen, mussten aber feststellen, dass die Katzenbabies noch gar nicht trinken konnten, was ja völlig logisch war. Was wir also brauchten, war ein Fläschchen mit einem Schnuller. Es war aber immer noch Sonntag, die einzige Apotheke Nerjas hatte geschlossen, und da kamen wir auf die Idee, im Kiosk nach einem Fläschen für Puppen nachzufragen, was wir auch bekamen; das Objekt war jedoch nutzlos, da der Schnulleraufsatz völlig hart und damit ungeeignet zum Saugen war.

Neue Aufgaben

Der mit Ungeduld erwartete Moment war gekommen: Siegfried war mit einem speziellen Trinkfläschen für kleine Säugetiere und einer Dose Trockenmilch für junge Katzen zurückgekehrt. Wir vermischten das Pulver mit Wasser, und das ‚Festmahl‘ konnte beginnen. Die Kätzchen saugten so gierig, als wären sie kurz vor dem Verhungern und Verdursten, was ja vielleicht der Fall war. Es war eine Freude zu sehen – und zu hören –, wie ihnen die Milch schmeckte, und während die Kätzchen schmatzten, seufzten wir erleichtert auf und erfuhren ein ganz neues Glücksgefühl.

Wir nannten unsere Schützlinge Martina, Carmen, Isabel und Picasso. Martina war der Name der Maklerin, die uns die Wohnung verkauft hatte, Isabel ihre Mitarbeiterin, an Carmen denkt man in Spanien ganz automatisch, und Picasso war wohl der berühmteste Sohn Malagas. Es handelte sich um drei Weibchen mit orangebraunem Fell, das von weißen Streifen durchzogen war – in Lingens Katzenlexikon ‚Tabby‘ genannt und für die es im Englischen die hübsche Bezeichnung ‚ginger cat‘ gibt – und um einen schwarz-grauweiß getigerten Kater. Siegfried entpuppte sich als idealer Katzen-Ziehvater, der die vier Säuglinge von jetzt an dreimal täglich mit Begeisterung abfütterte.

Aber langsam rückte der Tag unserer Rückreise nach Brüssel näher, und damit kamen Bedenken und Erwägungen der folgenden Art auf: Was, wenn an den Grenzen kontrolliert und die ungeimpften und papierlosen Tiere entdeckt werden? Kann man den Tieren eine so lange Reise überhaupt zumuten? Wir wollten es auf uns zukommen lassen und stellten den Korb mit den Tieren, über dem wir vorsichtshalber einen dünnen Gardinenstoff befestigt hatten, auf den Rücksitz und machten uns auf die Reise nach Norden. Unsere erste Etappe war Châteaurenard in der Provence, wo wir die Katzen unbemerkt über den Hintereingang mit ins Hotel nahmen. Am Tag danach erreichten wir meinen Bruder Klaus und seine Frau Gerda in Ettlingenweier in Baden, bei denen wir zwei Tage bleiben sollten. Die ‚süße Fracht' sorgte dort allgemein für Überraschung und Bewunderung, auch bei den herbeigerufenen Verwandten, Freunden und Nachbarn, unter denen echte Katzenfreunde waren. Die spätere Frage an Bruder und Schwägerin, ob diese vielleicht eines der Kätzchen haben wollten, wurde mit *vielleicht* beantwortet, sicher war meine Schwägerin Gerda jedoch darin, dass es – wenn überhaupt – dann der Kater sein sollte.

Uns war klar, dass wir auf die Dauer nicht alle vier Tiere behalten würden, wohl aber zwei davon. Wir beschlossen, dass alle vier Geschwister zumindest ein paar Wochen zusammen bleiben sollten, auch zum Ausgleich dafür, dass diese allzu früh von der Mutter getrennt wurden. Indem wir menschliche Maßstäbe ansetzten, dachten wir, den Tieren wenigstens ein bisschen Familienleben, wenn nicht Familienglück bescheren zu müssen.

Mit den Katzen vertiefte sich meine Liebe zur Tierwelt im Allgemeinen, in der jedoch die ersteren von jeher eine besondere Rolle spielten. Ich komme nie an einer Katze vorbei, ohne mich mit dieser eine Weile zu beschäftigen[*]. Andererseits war ich schon vor vielen Jahren auf einer Foto-Safari in Kenia tief beeindruckt von der Tierwelt, vor allem aber von den Großkatzen, und heute male ich mit viel Freude diese prächtigen Löwen, Tiger und Leoparden.

[*] In Kasudasi in der Türkei bescherte mir meine Gewohnheit allerdings eine böse Überraschung, denn dort biss eine Katze zu und verletzte mich an zwei Stellen am Arm. Was war geschehen? Das Tier kam in einem kleinen Geschäft am Strand laut miauend auf mich zu, worauf ich mich bückte und es zu streicheln begann. Da es

anscheinend nicht genug bekommen konnte, tätschelte ich ihm auch die Seite, und in dem Moment packte es meinen Arm und biss ihn blutig. Das Tier hatte sich ganz gewiss nicht aus Boshaftigkeit so verhalten, ich vermutete vielmehr, dass es krank oder verletzt war und ihm das Tätscheln Schmerzen verursacht hatte. Vielleicht hatte es ja sogar einen Tumor an der Stelle. Es handelte sich übrigens um eine streunende Katze, wie uns der Ladeninhaber sagte, die sich regelmäßig in dem Geschäft aufhalte. Mit dem Baden war es dann für mich vorbei, und ich ließ mich für alle Fälle sofort gegen Tollwut und Wundstarrkrampf impfen.

Neues Leben in alten vier Wänden

„Wo immer sich eine Katze niederlässt, wird sich das Glück einfinden."
(Stanley Spencer)

„Ich liebe Katzen, weil ich mein Zuhause liebe, und nach einiger Zeit entwickeln sich Katzen zur unsichtbaren Seele des Heims."
(Cocteau)

„A cat improves the garden wall in sunshine and the hearth in foul weather."
(Judith Merkle Riley)

(Frei übersetzt in etwa: „Bei Sonnenschein wertet eine Katze die Gartenmauer auf, bei schlechtem Wetter den heimischen Herd.")

In Brüssel angekommen, beglückwünschten wir uns einmal mehr dafür, dass wir an keiner der vier überschrittenen Grenzen kontrolliert worden waren, und die vier Tiere somit unbehelligt von Zollbeamten in ihr neues Heim überführt hatten. Martina, Carmen, Isabel und Picasso gewöhnten sich gut in ihrer neuen Umgebung ein. Wir gaben ihnen noch ca. zehn Tage lang das Fläschchen, und danach versuchten wir es mit fester Nahrung, Katzenfutter aus der Dose, die sie auf Anhieb mochten. Die vier konnten jetzt ganz alleine essen und trinken, und wir waren erstaunt zu sehen, wie schnell sie lernten und sich entwickelten – kein Vergleich mit Menschenkindern!*) Wir sahen mit Begeisterung die Fortschritte der immer noch kleinen Tiere, die auch sofort verstanden hatten, wozu die Kiste mit dem Streu gedacht war. Ein Bekannter, selbst Katzenhalter, sagte einmal: „Sauberer als eine Katze – das gibt es nicht." Und dabei spricht man abschätzig von ‚Katzenwäsche', allerdings auf den Menschen bezogen, und meint damit eine wenig gründliche Körperpflege. Das Missverständnis könnte nicht größer und der Vergleich mit der ‚echten Katzenwäsche' nicht schlechter gewählt sein. Ich werde diesem fürwahr komplexen Phänomen ein spezielles Kapitel widmen.

*) Edward de Bono fand hierzu folgende interessante Erklärung:

„Weil der menschliche Verstand so unklar ist, brauchen Menschenkinder so lange, bis sie erwachsen und selbständig werden. Viele Tierkinder sind sofort auf den Beinen. Sie sind schon mit gewissen angeborenen Instinktreaktionen ausgestattet, die nicht gelernt zu werden brauchen. Tiere haben sehr scharfe Sinnesorgane und einen scharfen Verstand, der sie in die Lage versetzt, die Dinge klar zu unterscheiden und daher sehr schnell zu lernen. Schnelles Lernen beruht auf einem guten Unterscheidungsvermögen. So kommt es zu der seltsamen Situation, dass der Mensch besser zu denken vermag als Tiere, weil sein Verstand unklar ist, während der tierische klar und scharf ist. Der Vorteil eines scharfen Verstandes liegt darin, dass man rasch reagieren kann."

Auch der große Balzac äußerte sich zu diesem Thema: *„Die Tiere besitzen à priori die spezielle Wissenschaft des Lebens, die man Instinkt nennt, während der Mensch nichts ohne unerhörte Mühen lernt."*

Worauf hatten wir uns da eingelassen? War es mit Freiheit und Ungebundenheit vorbei? Da wir das neu eingegangene Engagement sehr ernst nahmen, sahen wir es als unsere selbstverständliche Verpflichtung an, den Tieren das nach unseren Möglichkeiten beste Leben zu bieten, und uns war klar, dass das eine Bindung von 15 bis 20 Jahre bedeuten konnte, vergleichbar mit einer Heirat oder einer Adoption. Man hört ja so oft, dass sich jemand Hals über Kopf ein Tier zulegt und dann seine Aufmerksamkeit von ihm abwendet, weil etwas Anderes in sein Leben getreten ist, das ihn mehr interessiert. Man sollte jedoch gründlich darüber nachdenken, was das Zusammenleben mit einem Tier von uns abverlangen kann, ehe man eine solche Beziehung eingeht, die nicht frei von Überraschungen sein muss. Das schließt auch die Umsorgung bei Krankheit ein, und die Konfrontation damit sollte uns dann auch nicht erspart bleiben. Wohlgemerkt hatten Siegfried und ich ja nicht einmal die Gelegenheit, das alles zu durchdenken: Die Katzen waren plötzlich in unser Leben getreten, also galt es, sich darauf einzurichten und die eigenen Bedürfnisse mit denen der Tiere in Einklang zu bringen. Obwohl uns die Herausforderung unvorbereitet traf, nahmen wir diese mit Spannung und offenem Herzen an und waren neugierig, wie sich die Beziehung entwickeln würde. Verfügbarkeit und Beständigkeit sind unabdingbare Voraussetzungen beim Halter eines Tieres, denn die Zuneigung des Tieres ist eine konstante Größe; es wird uns lieben und uns treu sein, auch wenn wir nur ein Minium für es tun. Wir taten, glaube ich, mehr als ein Minimum, und es entstand eine wunderbare Freundschaft zwischen uns und den vier Katzen, später nur noch zweien, deren Charakter mit seinen Schwächen und Stärken wir nach und nach entdeckten. Es gebe bei den

Tieren *„kein Ermüden, kein Erlöschen der Flamme"*, wie es Anny Duperey poetisch ausdrückte. Weiter führt sie aus, dass es *„natürlich vorübergehende Kaprizen oder Launen geben könne, aber die menschlichen Komplikationen der Gefühlswelt oder gar Verrat die Tiere nicht kennten"*. Und das sei das Wunderbare und Tröstliche bei einer Freundschaft mit einem Tier: sie könne nur zunehmen, vorausgesetzt, wir hätten eine Beständigkeit und Loyalität entwickelt, die der seinen gleichkämen.

Die Anwesenheit der vier kleinen Katzen zwang uns zur Vorsicht bei jedem Schritt, denn eine befand sich immer irgendwo am Boden zwischen unseren Füßen. Ein Beobachter hätte seinen Spaß gehabt an unserer Fortbewegungsweise; vor allem ich hatte mir Trippelschritte angewöhnt, um ja nicht mit vollem Körpergewicht auf einen der winzigen Körper zu treten. Die vier erkundeten inzwischen jeden Zentimeter unserer Wohnung, sie verkrochen sich unter Möbel, Sessel, Sofas, und besonders beliebt waren Tische und Tischchen, auf denen bodenlange Decken lagen. Katzen – das ist allgemein bekannt – lieben es, sich zu verstecken, sich in kleinste Öffnungen hineinzuzwängen. Auf der Straße haben wir alle schon beobachtet, wie sich Katzen unter ein Auto verkriechen – am liebsten dann, wenn es gerade geparkt worden war und der Motor noch warm ist. Wenn sie des Explorierens müde waren, machten es sich die Katzen auf einem Polstermöbel gemütlich oder sie stiegen in ihren Korb, der mit einem dicken Kissen ausgeschlagen war. Bald fiel uns auf, dass sich Martina und Carmen einerseits, Picasso und Isabel andererseits zusammentaten, und so stand wenig später auch unser Entschluss fest, Carmen und Martina zu behalten. Die Wahl meiner Schwägerin war ja auf den Kater gefallen, und somit mussten wir für das dritte Weibchen Isabel ein neues Zuhause suchen. Mein Bruder hatte sich inzwischen umgehört, und bald meldete sich über die Nachbarn eine alleinstehende Dame, die bereit war, ein Kätzchen bei sich aufzunehmen. Am 19. Dezember machten wir uns mit den vier Tieren wieder auf die Reise. Carmen, Martina und Picasso blieben bei Klaus und Gerda in Ettlingenweier, während wir nach Nerja weiterreisten, wo wir insgesamt drei Wochen, Weihnachten und Neujahr eingeschlossen, verbringen wollten. Bevor wir jedoch nach Spanien aufbrachen, brachten wir Isabel in ihr neues Zuhause ins Nachbardorf und versprachen, nach unserer Rückkehr dort wieder vorbeizuschauen, um zu hören, wie sich das Tier dann eingewöhnt haben würde.

Wir kamen nach drei Wochen zurück nach Ettlingenweier, von denen es die letzten zweieinhalb geregnet hatte – wohlgemerkt an der Costa del Sol, nicht an der Nordsee. Durch den Dauerregen kam es zu Erdrutschen, Straßen wurden unterspült und sackten ab, ungewöhnliche Bilder in einem Landstrich, der eher von ausgetrockneten Flussbetten und staubigen Straßen geprägt ist. Unsere Bekannten in Nerja versicherten uns, so etwas noch nie erlebt zu haben, aber der nicht enden wollende Regen deprimierte vor allem die Touristen, die der Sonne und des milden Winterklimas wegen ins Land gekommen waren. Spanien tat der ausgiebige Regen jedoch gut: Der Grundwasserspiegel stieg, und die Wasserreservoirs füllten sich. In den Ferienorten westlich von Malaga gibt es die höchste Konzentration an Golfplätzen ganz Spaniens, deren immens hoher Wasserverbrauch immer wieder Anlass zu herber Kritik gab. Der bis dahin notorische Wassermangel in Südspanien brachte sogar das Gerücht in Umlauf, nach dem man in Kürze in Marbella und Umgebung eine stattliche Villa für einen Spottpreis würde erwerben können. Der sintflutartige Regen brachte die Wendung, und die luxuriösen Zweitwohnsitze blieben in den Händen ihrer Besitzer. Ich fragte Siegfried täglich, wie viele Tage Regen wir in Kauf nehmen sollten, ehe wir uns zur Rückreise entschließen würden, aber da wir beide gleichermaßen unentschlossen waren und die Hoffnung nicht aufgaben, saßen wir die drei geplanten Wochen ab. Als wir aufbrachen, regnete es noch immer, und erst ein paar hundert Kilometer nördlich wurde es trocken, und noch ein paar hundert Kilometer weiter, in Süddeutschland, lag Schnee, so auch in unserem Zielort Ettlingenweier bei Karlsruhe.

Die jetzt auf drei Mitglieder reduzierte Katzenfamilie wurde während unserer Abwesenheit von Bruder und Schwägerin verwöhnt, aber zwischen Picasso und Georg, deren jüngerem Sohn, der damals noch bei den Eltern wohnte, entwickelte sich eine ganz besonders tiefe Zuneigung. Das war eine gute Fügung, denn der Kater sollte ja dort bleiben. Und solange Georg in der Rosenstrasse wohnte, blieb er die ,Bezugsperson' von ,Piggi', wie das Tier dann genannt wurde. Und später, wenn Georg mit seiner Familie die Eltern besuchte, war Picasso zur Stelle und ging künftig – wie ein guter Gastgeber – sogar mit vor die Haustür, um seinen Georg zu verabschieden und wegfahren zu sehen. Ich finde das entzückend!

Seine Frau Sabine und das Töchterchen Leonie-Luise waren auch von jeher ,Fans' des Katers und freuten sich jedesmal auf ein Wiedersehen, brachten ihm einen Leckerbissen mit, und die Freude war ohne Zweifel gegenseitig. Mich scheint er wiederzuerkennen, wenn ich zu Besuch komme, und ich darf ihn, im Gegensatz zu den meisten Besuchern, auch gleich streicheln. Mein jetziger amerikanischer Freund John und ich werden sogar mit nächtlichen Besuchen im Bett bedacht, im Schnitt zweimal pro Nacht: Da wir meistens schlafen, wenn er auftaucht, stößt er uns sanft an, um das Streichelritual zu eröffnen, bei dem er sich zwischen uns beiden hin und herbewegt, sodass wir gleichermaßen an der Aktion beteiligt sind. Hat er genug davon, so legt er sich eine Weile zwischen uns, bevor er wieder hinuntergeht, um seine nächtlichen Streifzüge fortzusetzen.

Bei einem unserer letzten Besuche erzählte mir die Schwägerin, dass sie den Kater öfter in einem Schrank fand, in dem sie ihre Handtaschen aufbewahrt, wo er sich auf einer aus Brüssel mitgebrachten Tasche niedergelassen hatte. Da hatte er wohl einen vertrauten Geruch aus seiner frühen Jugend wiedergefunden, und Katzen vergessen ja angeblich nie einen solchen.

Wie versprochen, schauten wir bei Isabels neuem Zuhause vorbei und erlebten eine herbe Enttäuschung: Die neue Besitzerin des Tieres klagte, dass Isabel sie nicht akzeptiere, sie nur ärgere, ihr regelrecht zuleide lebe. Konkret bedeutete das, dass sie Gegenstände umstieß, an Polstern und Tapeten kratzte und sich auf Distanz zu Frauchen hielt, sich ganz und gar nicht wie ein Kuscheltier verhielt. Uns war das sehr peinlich, und wir baten die Dame um Geduld.

Ich frage mich danach oft nach dem Grund des feindlichen Verhaltens der jungen Katze gegenüber ihrem neuen Frauchen: War sie böse, dass sie ihren Geschwistern entrissen wurde, oder fehlte es ganz einfach an jeglicher Zuneigung zwischen den beiden, stimmte die Chemie also nicht, wie man heute bei zwischenmenschlichen Beziehungen so gerne sagt? Auf jeden Fall zeigt das Beispiel, welch komplexe Wesen auch Katzen sind, Tiere mit eigenem Charakter, der Zuneigung wie der Abneigung fähig.

Die Dame gab Isabel nach kurzer Zeit tatsächlich an eine Familie weiter, und wenige Wochen später wurde das arme Tier von einem Auto überfahren; die Nachricht stimmte uns beide sehr traurig! In einem Anflug wilder Spekulationen schloss ich sogar einen Selbstmord nicht aus und machte mir große Vorwürfe. Hat Isabel die Trennung von ihrer ‚Familie‘ nicht verwunden und womöglich den Tod gesucht? Wahrscheinlich gehe ich hier zu weit, und doch scheint es Selbstmord bei Tieren zu geben.

Deine Katze, meine Katze –

„Wahlverwandtschaften"

„Es ist das schönste und nobelste Tier, und ich ziehe die Katze seit jeher allen anderen Tieren vor. Sie ist von einer absoluten Unabhängigkeit und lehnt jeden erzwungenen Meister ab. Den ihren hat sie sich selbst erwählt, und sie wird diesem treu sein bis in den Tod, ohne niedere Beweggründe oder gar Unterwürfigkeit, und das ist der Grund, warum ich sie liebe."

(Georges Brassens; freie Übersetzung)

„Zwei Katzen zu haben bedeutet, dass eine auf deinem Schoß sitzt, während die andere dich anschubst, sich grollend oder seufzend an dir reibt oder sich ganz einfach auf den Artgenossen legt. Die andere Variante ist, dass sie sich hängend an Deine Brust klammert wie eine drohende, bald losdonnernde Lawine. Mehr als zwei Katzen bedeutet drohende Blicke, und alle klagen dich der Bevorzugung und der Bosheit an."

(Odile Dormeuil)

Wir waren mit Carmen und Martina inzwischen wieder zurück in Brüssel, und da geschah es, dass die beiden ihre Wahl trafen: Martina wählte Siegfrieds, Carmen meinen Schoß, und das war systematisch und endgültig. Mit dem jeweils anderen Schoß nahm man lediglich vorlieb, wenn nur dieser zur Verfügung stand, und dann teilte man sich diesen eben. Wir konnten allerdings nicht feststellen, ob Martina allgemein eine Vorliebe für männliche, Carmen hingegen für weibliche Schöße hatte, denn zumindest Carmen erteilte ihre Gunst bei Gästen sowohl Damen als auch Herren. Carmen war neugierig, beschnupperte und näherte sich jedem, während Martina zurückhaltend war, sodass ein Besucher oder Gast, der sie streicheln oder auf dem Schoß haben wollte, sich die Katze schon selbst holen musste, aber das ließ sie dann auch gern geschehen.

In Martinas Augen glaubte ich den typischen Ausdruck einer Katze zu erkennen, den spähenden Blick eines kleinen Raubtieres eben, das sprungbereit einer Beute auflauert, und tatsächlich verhielt sich Martina beim Spiel gemäß diesem Muster. Interessanterweise hatte Carmen diesen typischen Ausdruck nicht, und ich fand, dass sie sanfte Augen hatte. Fast kam mir ihr Blick menschlich vor.

Carmen war eine Genießerin, beim Menschen würde man von einem Lebenskünstler sprechen. Sie genoss alles: Essen, Ruhen, Streicheleinheiten und ganz besonders das Spiel. Daneben war sie ausgesprochen neugierig. Es kam vor, dass die Glastüre zwischen Wohnzimmer und Eingangshalle nicht ganz verschlossen war, was Carmen dazu nutzte, blitzartig ins Treppenhaus zu entschwinden, sobald wir die Wohnungstür geöffnet hatten. Martina blieb brav in der Wohnung, die Welt außerhalb ihrer vier Wände schien sie weniger zu interessieren als ihre Schwester. Bei diesen Eskapaden wurde mir jedesmal bewusst, dass wir den Tieren den Lebensraum vorenthalten mussten, der ihrer Art entsprochen hätte, d.h. Auslauf in der freien Natur, Ausleben des Jagdinstinkts, Grasfressen das Auf-Bäume-klettern-Können. Aber wir konnten ihnen kein anderes

Leben bieten als wir selbst es hatten, 150 m² im zweiten Stock eines Apartmentgebäudes, jedoch immerhin mit zwei Terrassen.

Der Mann meiner Friseuse war noch bis vor kurzem Vorsitzender des belgischen Tierschutzvereins, den man dort ‚la Croix bleue' (= das blaue Kreuz) nennt. In deren Zeitung, wurde ein Foto von Martina und Carmen veröffentlicht, und Madame Suzanne schrieb dazu den Text: *„Wir haben ein glückliches Zuhause bei sehr lieben Menschen gefunden. Aber man muss auch dazu sagen, dass wir bezaubernde Kätzchen sind – vor allem dann, wenn wir schlafen."*

„Fressen müssen Hund und Katz', aber was?" (Dr. med vet. Eric Vanden Eynde)

Das deutsche Wort ‚fressen', generell für die Nahrungsaufnahme bei Tieren gebraucht, scheint mir bei Katzen völlig unangemessen, denn auch diese vitale Lebensäußerung ist ein erfreulicher Anblick wie fast alle Aktivitäten der Felis. ‚Katzen speisen' hört man Freunde der Spezies schon einmal sagen, und das ist gar nicht so abwegig, denn als Genießer sind sie anspruchsvoll und wählerisch. Der Vergleich mit dem Hund, der fast alles, was man ihm anbietet, verschlingt, macht das ganz besonders deutlich. *„Wie eine Katze um den heißen Brei herumgehen"* sagt der Volksmund von jemandem, der nicht direkt auf den Punkt kommt, Umschweife macht oder zögernd an eine Sache herangeht. Ich konnte oft beobachten – vor allem, wenn eine unbekannte Speise und/oder warme Speise im Näpfchen war –, dass dieses erst von der einen, dann von der anderen Seite umrundet wurde. Manchmal kam noch eine Pfote zum Einsatz, die die Temperatur prüfen musste, denn die Katzenzunge ist ja bekanntlich ein multifunktionelles, hochsensibles ‚Werkzeug', das geschützt werden muss.

Carmen aß besonders gerne und viel, jedoch leider nur Katzenfutter aus Dosen und Beutelchen, neben dem Trockenfutter, das sie ganz besonders mochte. Jede Art von frischer Nahrung rührte sie nicht an. Sie verschmähte Fleisch, Fisch, Geflügel oder Innereien, ganz zu schweigen von Beilagen aller Art. Eine einzige Ausnahme gab es allerdings, und das war Thunfisch aus der Dose, und den kann man nicht wirklich als frische Nahrung bezeichnen. Martina hingegen aß Fisch, Fleisch und Leber. Ich hatte bezüglich der Ver-

träglichkeit des industriellen Katzenfutters mehr und mehr Bedenken und sagte mir, dass das Schwermetall, das die Konserven bekanntlich enthalten, den Tieren schaden müsse. Auch ein Mensch,
so räsonnierte ich, der sich überwiegend aus Dosen ernährte,
würde auf die Dauer krank werden. Und die Folgen blieben tatsächlich nicht aus: Carmens Fell wurde allmählich stumpf, ein sicheres
Zeichen, dass etwas nicht in Ordnung war, sie hatte chronischen
Durchfall und verlor zusehends an Gewicht. Wir ließen ihren Stuhl
untersuchen, doch der Test ergab keine Pathologie. Die Tierärztin
empfahl spezielles antiallergisches Trockenfutter, das wir bei ihr
kauften. Tierärzte haben in der Tat das Verkaufsmonopol auf diese
Produkte, die dann auch entsprechend teuer sind. Da Carmen ihre
neue Diät liebte und die Symptome eine Zeitlang geringer wurden,
zahlte ich den Preis gerne, jedoch war der Erfolg nicht von Dauer,
und ich sah mich gezwungen, anderweitig Hilfe zu suchen. Eine Kol-
legin empfahl mir einen homöopathischen Tierarzt, eine ‚Zunft‘,
von der ich bisher noch nie etwas gehört hatte; ich wusste lediglich,
dass Homöopathen Menschen behandelten. Diesen Mediziner
suchte ich mit Carmen auf und war tief beeindruckt von dessen al-
ternativ-ökologischem Ansatz.

Die erste Frage des Arztes war, was ich dem Tier zu essen gebe.
Ich zählte die diversen Marken Katzennahrung auf, die ich kaufte,
worauf ein langer Vortrag folgte, in dem der Veterinär seine Sicht
der Dinge darlegte; und die in etwa so lautete: Das industrielle Katzenfutter bedeute für die Hersteller ein Milliardengeschäft, was der
Tierhalter jedoch für sein gutes Geld bekomme, sei minderwertiges
Zeug. Das Trockenfutter werde hohen Temperaturen ausgesetzt,
ein Verfahren, bei dem nicht nur Nährstoffe, Vitamine und Spuren-
elemente zerstört würden, sondern artifizielle, in der Natur nicht
vorkommende, teilweise krebserregende Substanzen gebildet
würden. Die Futtermittelindustrie verwende altes Frittenbudenfett

zur Herstellung von Hunde- und Katzennahrung. Pulverisierte Federn, Blut-, Knochen- und Tiermehle würden als Zutaten verarbeitet, ja selbst Tiermehl aus Hunden- und Katzenkadavern, die Tierkörperbeseitigungsanstalten lieferten. Daneben würden zahlreiche synthetische Hilfsstoffe verwendet, z. B. damit sich der Futterbrei besser mischen, formen und pelletieren ließe. Es würden Bindemittel, Konservierungsmittel, Farbstoffe, Geruchs- und Geschmacksverstärker zugesetzt. An dieser Stelle seiner Ausführungen war mir bereits schlecht, und ich schämte mich, meinen Katzen diesen ‚Müll‘ verfüttert zu haben, denn ich war überzeugt, dass dieser Arzt Recht hatte. Jedes Tier brauche lebendige, frische Nahrung, so auch unsere Katze, führte er weiter aus. Er widerlegte meinen Einwand, Katzen seien reine Fleischfresser mit dem Argument, dass diese in der Natur sich zunächst an den Mageninhalt des Beutetiers, nämlich Grünfutter, machten, bevor sie das Tier verzehrten.

Er gehe davon aus, dass ich mich abwechslungsreich und gesund mit frischen Produkten ernähre, sodass alles, was bei mir auf den Tisch komme auch ins Näpfchen der Katze gehöre, einschließlich Gemüse, Kartoffeln, Reis und Teigwaren. Dann verabreichte er Carmen eine rote Pflanzenpotion und gab mir davon zwei Fläschchen mit nach Hause.

Der Kampf begann: Nach zwei Wochen, während denen Carmen alles ablehnte, was ich ihr an frischer Kost vorsetzte, Fisch, Geflügel, Fleisch (selbst Wild und Krustentiere waren dabei), von Gemüse, Kartoffeln, Reis oder Teigwaren ganz zu schweigen, war ich mit meinem Latein am Ende. Aus Mitleid und Verzweiflung hatte ich sie inzwischen fast ausschließlich mit Thunfisch aus der Dose ernährt (das war ja die einzige Nahrung, die sie auch vorher schon neben dem Katzenfutter akzeptiert hatte), denn ich wollte ihre Umerziehung im Sinne des Homöopathen auf alle Fälle erreichen. Daneben war die tägliche Verabreichung des Pflanzenextrakts eine weitere Herausforderung, da Carmen jedesmal einen Teil wieder ausspuckte, sodass Tier und unmittelbare Umgebung mit roter Farbe verschmiert waren. Der Vergleich mit einer archaisch-rituellen Opferhandlung lag nahe. Carmen blieb stur – auch da war sie ganz Katze –, ich resignierte und nahm die Verfütterung des Diättrockenfutters wieder auf. Und ich wechselte den Tierarzt, denn ich wagte mich nicht mehr unter die Augen des Homöopathen, nachdem Carmen ja wieder Industriefutter bekam.

Der neue Tierarzt ordnete eine Blutanalyse an und legte die Diagnose ‚Leukämie' fest. Die einzig mögliche Therapie, so sagte er, bestehe in der Einnahme von Kortison, was aber lediglich die Symptome bekämpfe, jedoch nicht die Krankheit heile. ‚Leukämie' wurde später von einem weiteren Tierarzt, der seinerseits den damaligen Laborbericht analysierte, als Fehldiagnose gewertet. Es lege bei dem Tier lediglich eine leichte Anämie vor, aber da war es schon zu spät.

In einem Artikel «Sanfte Heilkundler heilen gut», schreibt der bereits zitierte homöopathische Tierarzt Dr. Eric Vanden Eynde, dass unser Band zu den Tieren verfremdet sei. Wir wüssten nicht mehr, wie sie leben. Der Ausbruch von Rinderwahnsinn, Q-Fieber und Hundetollwut stehe jeweils in Verbindung mit der falschen Art und Weise, mit welcher der Mensch mit den Tieren und deren Produkten umgehe. Dr. Vanden Eynde ist ein Außenseiter, da einer der wenigen in Belgien, die Tiere aus einer homöopathischen Philosophie heraus zu heilen versuchen. Genau wie bei den Menschen betrachtet der Homöopath das Tier in seiner Gesamtheit: Körper und Seele sind eins.

Christian d'Orangeville hat ein Buch geschrieben mit dem Titel «Bien nourrir son chat» (zu deutsch in etwa «wie man seine Katze richtig ernährt»): Industrielles Tierfutter sei ein undefinierbarer Papp, schreibt er darin. Genau wie Herrchen und Frauchen, esse die

Katze nicht lediglich, um sich zu ernähren. Was die Tierfutter-In-
dustrie für ihre herzerweichende Produkt-Werbung ausgebe, über-
steige um ein Vielfaches das Budget für Forschung eines
Landes wie Deutschland oder Frankreich: Niedliche Hunde- und
Katzenbabies appellierten an unseren Beschützerinstinkt oder an
die Freundschaft. Die Schlagkraft der Argumente und die Bequem-
lichkeit, die die Fertigmahlzeiten den Tierhaltern verschafften,
führten zu einer Lawine fertiger Mahlzeiten – zu stolzen Preisen. Es
handele sich um Verkaufsrekorde – Babynahrung verkaufe sich
weit weniger gut – mit enormen Gewinnspannen. Die Tatsache,
dass die Verbraucher nicht die Käufer seien – Tiere sind nicht ge-
werkschaftlich organisiert – ermögliche es den Herstellern, fürst-
lich zu leben. Eine sogenannte Garantie-Analyse solle das Gewissen
der Tierhalter beruhigen; diese sei reine Augenwischerei, da sie
jeglicher wissenschaftlicher Basis entbehre. Da sei die Rede von
Quantität, wo es doch um Qualität gehen müsste. Proteine: 10 %
(ein alter Lederschuh); Fett: 6,5 % (½ Tasse Motoröl). Ein Protein,
das von einen Organismus nicht assmiliert werde könne, sei wert-
los. Und es gebe Schlachtabfälle mit hohem Protein-Anteil, deren
biologischer Wert in diesem Sinne gleich Null sei (Beispiel Gelatine:
0 Wirkung bei der Katze). Eine traurigere Prosa als diejenige auf
den Dosen für Hunde- und Katzennahrung sei kaum vorstellbar. Da
werde die subtile Kunst der Nuance und der Umschreibung genutzt
um den echten Wert, etwa der der Proteine und der Fette, des ganzen Inhalts eben zu verschleiern. Vage wissenschaftliche Anspie-
lungen alternierten mit an den Haaren herbeigezogenen Behaup-
tungen. Die unverschämt boomende Futtermittelindustrie als Zeichen einer dekadenten Spätzivilisation? Katzenfutter sei einer der
meistverkauften Artikel in den Lebensmittelmärkten überhaupt,
jedoch erfahre man nie, was da eigentlich drin ist, in all den Schäch-
telchen und Dosen, die dazu noch beachtliche Müllberge erzeugten.

Christian d'Orangeville's Erkenntnisse gehen spannend weiter: Das übliche Drittel Fleischanteil einer Katzendose bestehe meist aus tierischen Überschussmaterialien, wie Schafsdärmen, Schweinemägen, Eutern, Lungen, Milz, Gluten, getrocknetem Blut, Grieben oder Hühnerfüßen. Das sei jedoch aus zwei Gründen weniger zu missbilligen als es klingt. Katzen seien keine reinen Fleisch-, sondern Beutetierfresser, d. h sie benötigten auch Haut und Haar, Knochen und Knorpel und andere für uns weniger schmackhafte Tierbestandteile. Zum zweiten sei es angesichts des Welthungers ja wohl das Mindeste, dass man Haustieren der wohlhabenden Welthälfte nicht das abpacke, was man der armen vorenthalte, will sagen, die ,Minderwertigkeit' von Tierfutter sei höchst angemessen. Und dennoch werde sich eine lächerliche Mühe damit gegeben. ,Nahrungsdesigner' entwickelten fortgesetzt neue Rezepturen, wobei mit Würzmitteln experimentiert werde, um herauszufinden, was auf hohe Akzeptanz stoße. Beim gallertartigen ,Dressing' der Katzendosen soll es sich um tierisches Eiweiß handeln, das in großen Tanks vorverdaut worden sei, wobei Fermente aus den absterbenden Zellen austräten und das Gewebe auflösten. In Kalifornien, dem Vorreiterland aller pseudo-alternativen Lifestyle-Spinnereien, wo auch Hunderte von Tierpsychiatern ihr Auskommen fänden, würde der Hauskatze inzwischen sogar vegetarisches Fertigfutter auf Brokkoli- oder Spinatbasis geboten.

Eine Feststellung des Autors scheint mir noch erwähnenswert, nach der die kritischste Phase im Leben der Feliden das Ende der Stillzeit sei. Und eine Katze, die dann eine abwechslungsreiche Kost (in Bezug auf Geruch, Geschmack, Konsistenz) erhalten hätte, sei von da an absolut ,pflegeleicht' in Bezug auf die Akzeptanz ihrer Nahrung. Die ,Geschmackserziehung' der jungen Katze bestimme ihr späteres Geschmacksverhalten. Das Phänomen der Gewöhnung sei bei den Katzen ganz besonders ausgeprägt. Das Ende der Stillzeit wurde bei unseren Katzen ja gar nicht abgewartet, und mit der

Problematik des Industriefutters hatten wir uns nicht auseinander-
gesetzt, da wir absolut ahnungslos waren.

Anmut und Schönheitssinn

„Vor tausenden von Jahren wurden Katzen als Gottheiten
verehrt; Katzen haben das nicht vergessen.“
(unbekannter Autor)

„Ein Heim, in der es eine Katze gibt, braucht keine Skulptur.“
(Wesley Bates; freie Übersetzung)

„Ihre Aufgabe ist es, stillzusitzen und bewundert zu werden.“
(Georgina Strickland Gates; freie Übersetzung)

„Auf leisen Sohlen wandeln die Schönheit und das wahre Glück.“
(Wilhelm Raabe)

Eine Katze ist immer fotogen und daher ein lohnendes Objekt für
den Fotografen. Als die Familie noch komplett war, ließen sich die
vier in symmetrischer Weise auf dem Sofa nieder, und es sah ganz
so aus, als hätte ein Fotograf die Aufstellung für ein Familienfoto
vorgenommen. Es war jedoch ein dekoratives Selbstarrangement,
denn ganz offensichtlich haben die Katzen auch noch Sinn für Komposition. Als Carmen und Martina dann allein waren, boten sie sich
meist als graziöse ‚Couchpotatoes‘ im Doppelpack an und erstaun-
ten und erfreuten uns mit liebevoll-harmonischen Positionen: Sie
saßen oder lagen parallel nebeneinander, den Kopf in dieselbe
Richtung haltend, oder sie streckten sich gegenseitig die ver-
schränkten Pfoten zu. Es gibt bei mir ein Kissen in Form einer

Schleife, auf dem sich die beiden so niederließen, dass jede exakt auf einer halben Schleife lag, die Körperinnenseite gegeneinander gerichtet und die Pfoten vor das Gesicht haltend. Sie wirkten in dieser perfekten Symmetrie wie zwei Zwillingsembryonen im Mutterleib. Martina sah ich oft auf einem meiner runden Kissen eingerollt liegen, sodass ich mich fragte, ob sie sich wohl – aus einem subtilen Bedürfnis der Harmonie heraus – ihrer Umgebung anpassen wollte.

Jemand schrieb einmal, dass Katzen, die sich gut verstünden, sich im Einklang miteinander bewegten oder posierten, in parallelen Stellungen miteinander ruhten oder sich aber spiegelverkehrt präsentierten. Und das entsprach ja genau meinen Beobachtungen. Es kam durchaus vor, dass sie den Kopf in ein und dieselbe Richtung bewegten, gleichzeitig und im selben Rhythmus aufstanden oder dieselbe Arabeske mit dem Schwanz vollführten. Auch wenn sie eng aneinandergekuschelt beieinander lagen, die Köpfe gegeneinander gedrückt, war das ein schöner Anblick, ein Bild des Vertrauens und der Zärtlichkeit. Man konnte nicht immer erkennen, wo der eine Körper endete und der andere anfing, und sie glichen Bällen aus Pelz, allerdings mit engelsgleichem Ausdruck. Ich nutzte diese herzerweichenden Photos ein paar Mal für meine Weihnachtspost, denn das Bild der perfekten Harmonie schien mir als Botschaft des Friedens und der Liebe ganz besonders geeignet. Aber es gab auch witzig-originelle Positionen, in denen ich einen artspezifischen Sinn für Humor und Selbstironie zu erkennen glaubte.

Ich dachte oft daran, der Firma Hallmark eine Auswahl der schönsten Bilder für einen Kalender anzubieten, tat es aber bisher noch nicht. Schöne Katzenfotos gibt es ja überall zu sehen, aber viel seltener sind solche von ‚Zwillingskatzen‘, wie ich sie nun einmal hatte und wie sie in diesem Buch zu sehen sind.

Wagemut und Grazie

„Im Umgang mit Katzen kann man sich nur bereichern."
(Colette; freie Übersetzung)

„Es gibt keinen einzigen Charakterzug der Katze, den nachzuahmen
dem Menschen nicht von Vorteil wäre."
(Carl van Vechten)

„Langsam, höchste Konzentration im Blick, stand sie auf, kam auf
mich zu mit sanftem Schritt, ließ sich graziös vor mir nieder, hob
eine Vorderpfote und streichelte mir die Wange, wie ich ihr so oft
den Kopf streichelte. Ein menschliches Streicheln von einer Katze!
Ich fühlte mich ziemlich klein und schlecht erzogen, dass ich nicht
schnurren konnte."
(Sylvia Warner)

Obwohl Carmen und Martina Schwestern, ja vielleicht sogar Zwil-
linge waren, ähnelten sie sich charakterlich nicht sehr; sie waren
Individuen mit ihren ganz speziellen Eigenheiten, Vorlieben und
Gewohnheiten, und ich halte es nicht für übertrieben, sie Persön-
lichkeiten zu nennen, wie so viele Katzenfreunde das unumwunden
tun.

Martina stellte sich als besonders wagemutig heraus, die furcht-
los neues Terrain erkundete. So balancierte sie auf dem nur wenige
Zentimeter breiten Vorsprung außerhalb der Balustrade meiner

Terrassen, was geradezu einer Gratwanderung gleichkam. Sie war, zur Bewunderung der Nachbarn, die Spaziergängerin am Abgrund; einmal sagte jemand scherzend, wir sollten sie einem Zirkus zur Verfügung stellen. Außerdem war sie der Chef, das Alpha-Tier, wie wir bald beobachten konnten. Carmen trat der Schwester den Platz auf meinem Schoß ab, wenn dieser der einzig verfügbare war, und wenn Martina das Verhalten der Schwester missfiel, gab es eins aufs Fell. Carmen tat das nicht, aber es kam wohl vor, dass sie ihre Schwester mit Tatzenhieben zu einem spielerischen Kampf herausforderte, bei dem sie übereinander herfielen, strampelten, zubissen und sich gegenseitig bis zur Erschöpfung jagten. Dabei war mancher durchdringende, greischende Laut zu hören, aber auch Brummen und Fauchen begleiteten dieses Tun.

Außerdem war Martina eine ‚Hochspringerin‘, die gerne Kügelchen aus Alufolie auffang. Ich schätze, dass sie beim Springen eine Höhe erreichte, die eineinhalb bis zwei Mal ihrer Körperlänge entsprach; sie vollführte dabei oft noch eine Drehung um ihre Achse, beschrieb also eine Art Spirale in der Luft. Am Anfang brachte sie mir die Kügelchen sogar manchmal zurück; ‚Apportieren‘ ist ein beim Hund typisches Verhaltensmuster – aber bei der Katze?

Martina zeigte sehr viel Sinn für elegante Posen und war damit ganz besonders fotogen. Sie räkelte sich gleich einer Diva graziöslasziv auf einem Sessel oder dem Sofa, und oft baumelte eines der hinteren Extremitäten in der Luft – es waren höchst komplexe Posen.

Einmal war ich geradezu sprachlos angesichts ihres Schönheitssinns, und ich gebrauche diesen Begriff ganz bewusst. Es war an meinem Geburtstag, einem sonnigen, warmen Sommertag, den wir mit Freunden auf unserer Terrasse verbringen wollten. Ich traf die letzten Vorbereitungen vor dem Eintreffen der Gäste, legte eine Brokattischdecke, das Geschenk meiner Freundin Janine, die wir ebenfalls erwarteten, auf eines der kleinen Tische vor der Balustrade auf. Rechts neben dem Tischchen standen ein kleiner Baum und eine Art Säulenregal mit verschiedenen dekorativen Gegenständen. Auf der rechten Seite befand sich auf einem Ständer ein rot blühender Kaktus, und hinter dem Tischchen lehnte zur Verschönerung der Balustrade ein weißes Zierelement, an dem ein grüner Kranz in Herzform befestigt war und in dessen Mitte eine Terrakotta-Sonne aufgehängt war. Vor diesem Dekor, das ich extravagant zu nennen wage, dem wohl schönsten Rahmen des Tages, fanden wir Martina auf der grün-goldenen Tischdecke thronend, den Kopf leicht erhoben und zum Körper hin gedreht, sich also im Halbprofil präsentierend. Die linke Vorderpfote reichte über den Tischrand hinaus und war leicht gebeugt, die rechte war eingeschlagen und ruhte vor der Brust, während die beiden hinteren Extremitäten ein ‚V' bildeten. Es war ein entzückender Anblick, und ich griff schnell zur Kamera, um diesen privilegierten Moment festzuhalten. Ich erklärte Martina aufgrund ihres Talents für elegante Posen zur Madame Récamier der Katzen. Im Unterschied zu der berühmten Zeitgenossin Napoleon Bonapartes, die sich wohl gemäß den Weisungen des Malers auf dem nach ihr benannten Sofa, der Récamière, so präsentierte, wie man sie von dem berühmten Gemälde kennt, hatte unsere Katze ihre Pose ganz alleine, ohne Mithilfe eines Fotografen oder Regisseurs eingenommen.

Martina hatte noch einen anderen Übernamen, ich nannte sie nämlich ‚meine Springmaus' (obwohl sie bestimmt keine Maus sein wollte). Zwar beschrieb ich weiter oben ihre virtuosen Luftsprünge beim Auffangen von Kügelchen, aber Springmaus nannte ich sie vielmehr deshalb, weil sie jedes Mal einen kleinen Sprung vollführte, wenn ich mich zu ihr hinunterbeugte, um sie zu streicheln. Sie kam also der Hand entgegen, ‚holte' sich ihre Streicheleinheiten geradezu ‚ab'.

Ein solches Verhalten hatte ich zum ersten Mal bei einer Katze in Nerja, wo unsere Tiere ja herstammten, beobachtet. Dieses liebe Tier trafen wir regelmäßig auf einer Restaurant-Terrasse an, wo sie von uns gefüttert und ausgiebig gestreichelt wurde, wobei sie – wie gesagt – immer etwas hochsprang. Wenn ich mich recht erinnere, hatte sie die Färbung unserer Katzen, und auch deshalb dachte ich später, dass dieses Tier vielleicht die Mutter, oder zumindest ein Familienmitglied unserer Katzen gewesen sein könnte. Aber das ist reine Spekulation, denn ich habe keine Ahnung, wie häufig dieses Hochspringen zwecks Entgegennahme der Liebkosung bei Katzen ist.

Eine weitere Eigenart von Martina war, dass sie, sobald wir nach Hause kamen und die Wohnungstür geöffnet hatten, im Wohnzimmer hin und her raste, was wir durch die Glastür zwischen Hausflur und Wohnzimmer beobachten konnten. Sie hatte dabei den dick aufgeplusterten Schwanz einer Katze im erregten Zustand, und wir fragten uns, ob sie wohl einen ‚Freudentanz‘ vollführte, weil Herrchen und Frauchen zurückwaren – und weil es dann bald Essen gab.

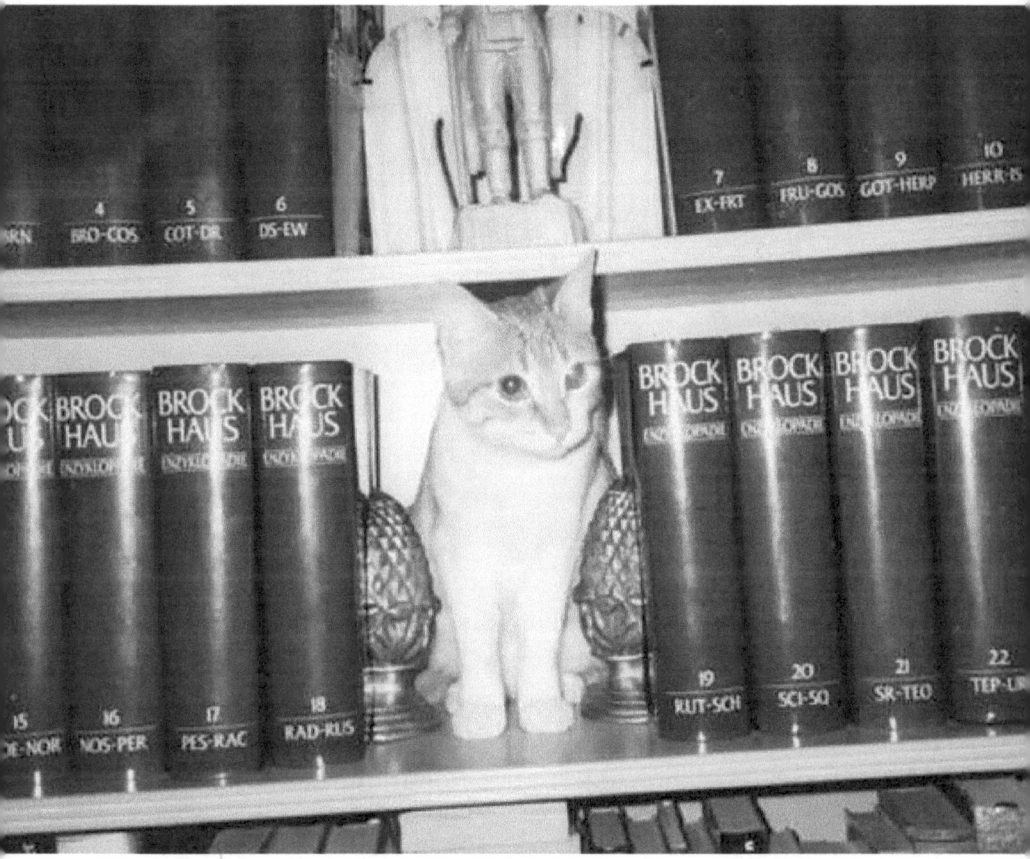
4 BRO-COS
5 COT-DR
6 DS-EW
7 EX-FRT
8 FRU-GOS
9 GOT-HERP
10 HERR-IS
BROCKHAUS
16 NOS-PER
17 PES-RAC
18 RAD-RUS
19 RUT-SCH
20 SCI-SQ
21 SR-TEO

Unendlich neugierig

„Kleine Katzen mit ihren verrückten Tiger-Kabriolen sind unendlich amüsanter als die Hälfte der Leute, mit denen wir in unserer Welt leben müssen."
(Lady Sydney Morgan)

„Katzen vergnügen sich mit einem Stück Bindfaden, den sie mit geschmeidiger Pfoto hin- und herbewegen, und umgeben sich dabei mit einer Aura der Wichtigkeit, die sie uns nicht erklären wollen."
(Francis Jammes)

(Beide Zitate sind frei übersetzt)

Eine der vielen sympatischen Facetten der Katzenpersönlichkeit ist ihre angeborene Neugier. Sobald sie wach ist, interessiert sich die Katze ganz aktiv für die Welt um sie herum, und sie beobachtet passioniert alles, was in ihrem Heim so geschieht. Die Tasche mit den Einkäufen oder ein neues Möbelstück wird sie verstohlen beschnüffeln. Aber vielleicht irrte sich der Mann, der den Satz geprägt hat *„Curiosity killed the cat"* („Neugier brachte die Katze um"). Denn bei aller Neugier ist das Tier sehr vorsichtig, und deshalb wird sie sich, im Gegensatz zum Hund, nicht unbedacht auf die Neuheit stürzen, sondern sich dieser mit Bedacht nähern. Octave Mirabeau hatte das richtig erkannt, wenn er meinte: *„Die Katze ist unendlich vorsichtig, stets auf der Hut vor Gefahr. Sie liebäugelt mit dem zu erwartenden Vergnügen, anstatt sich brüsk ins Vergnügen zu stürzen.*

Es fehlt ihr an Ausdauer; sie hat nicht den langen Atem, der es ihr ermöglichte, sich müde zu laufen und zu kämpfen, wohl aber starke Empfindungen und noch mehr Vorstellungskraft. Aus ihrem Vorgehen könnte man ableiten, dass sie ihren Aktionsradius, so beschränkt er auch sei, für die ganze Welt hält. Die Katze ist geduldig, wie alle, die viel meditiert haben, aber sie ist auch träge, denn sie genügt sich selbst. So kann sie Tag für Tag, eingerollt und unbeweglich wie eine Nippfigur auf einem Kissen liegend, Träumen nachhängen, wunderbaren Träumen, von denen wir Menschen keine Ahnung haben. Obwohl sie graziös und sehr geschickt sind, können sie erstaunlich ungeschickt sein, nämlich dann, wenn sie Unfug treiben."

Die Katze ist interessierter Zuschauer der menschlichen Aktivitäten: Bügeln, Kofferpacken, Kochen, Staubsaugen, Fegen, Lesen und vor allem Schreiben. Sie schleicht sich unter die Lampe und beobachtet, wie der Kugelschreiber über das Papier huscht; ist sie der Meinung, dass die Zeit zum Streicheln gekommen ist, so bewegt sie sich sanft zum Papier hin, legt sich womöglich darauf, und man kann nicht mehr das geringste Wort schreiben.

Carmen schien mir eine besonders originelle Katze zu sein, ja ich möchte sie sogar witzig nennen. Sie wählte mit Vorliebe ausgefallene Verweilplätze: den Brotkorb an erhöhter Stelle in der Küche, Einkaufstüten, Kartons, den Korb mit der Bugelwäsche oder das Handtuchregal im Badezimmer. Einmal beobachtete ich, wie sie sich gegen die Saftpresse lehnte, um sich den Kopf zu kratzen. Ich zeigte solche Fotos, auf die ich stolz war, zwar meinen Freunden, aber doch mit gemischten Gefühlen, denn in puncto Hygiene waren diese ja etwas fragwürdig. Deshalb kam es vor, dass ich scherzend dabei bemerkte: „Aber zum Essen dürfen wir euch schon wieder einmal einladen?"

Carmen machte es sich hin und wieder auf einem aufgeschlagenen Buch bequem, worunter auch manches Kochbuch war, was ich ganz besonders originell fand und bei welcher Gelegenheit ich sie gerne gefragt hätte, ob sie sich wohl als Braten anbieten wolle. Ich musste an den Film «Der Etappenhase» aus den 50er Jahren denken, in dem die Soldaten außer einem Hasen auch eine Katze zubereiten und Letztere den Offizieren servieren, während sie den Hasen selber essen. Ein Stapel Bücher oder CDs, die auf einem Tisch umherlagen, blieben nicht lange unentdeckt und dienten als Kopfstützen. Lagen Notenblätter zwecks Gesangsübungen auf dem Tisch, so machte sie sich auf diesen breit. Meine Phantasie ging mit mir durch, und ich sah in dem zusammengerollten Katzenkörper einen halben Violinschlüssel. Als ich «Memories» aus «Cats» einstudierte, hoffte ich, sie würde sich – für ein Foto – auch einmal auf diese Noten legen, aber den Gefallen tat sie mir dann doch nicht. Seltsamerweise schien Carmen zu Büchern eine ganz besondere Beziehung zu haben, und es war ein köstliches Bild, wenn sie im Bücherregal zwischen Büchern und Buchstützen hindurchlugte. Es kam auch vor, dass sie sich dort selbst eine Lücke zum Durchschlüpfen schuf, indem sie das eine oder andere Werk respektlos vom Regal stieß, ohne Rücksicht auf preisgekrönte Autoren oder renommierte Werke der Weltliteratur. Als einmal ein Schopenhauer-Band am Boden lag, fragte ich mich, ob der Philosoph wohl ein Katzenfeind gewesen sein mag. Ich forschte nach und fand heraus, dass er das genaue Gegenteil war, denn wie man in seinem Werk «Die Welt als Wille und Vorstellung» nachlesen kann, fand er es als *„schreiend absurd, eine Welt für die beste aller möglichen zu halten, die ein Tummelplatz gequälter und geängstigter Wesen sei, welche nur dadurch bestehen, dass eines das andere verzehrt, wo daher jedes reißende Tier das lebendige Grab tausender anderer und seine Selbsterhaltung eine Kette von Martertoden ist."* „Der Mensch hat die Erde zur Hölle für die Tiere gemacht", auch dieser Ausspruch ist von Schopenhauer. Der Philosoph war in erster Linie ein großer Freund von Hunden, von dem auch folgende Aussage stammt: *„Wer* *nie einen Hund gehabt hat, weiß nicht, was Lieben und Geliebtwerden heißt.*" Obwohl ich nie Hundehalter war, möchte ich dem Philosophen Recht geben. Wir alle haben schon beobachtet, mit welch überbordender Freude Hunde ihr Herrchen oder Frauchen ‚begrüßen', schon das ein Beweis für ihr großes Liebespotential. Das Mädchen Anita wurde in einem Rundbrief im Internet wie folgt zitiert: *„Wenn dir dein Hund beim Nachhausekommen das Gesicht leckt, nachdem du ihn den ganzen Tag alleine gelassen hast, ist das der größte Beweis seiner Liebe."*

Das Spiel – eine ernste Angelegenheit

„Wenn der Mensch einen Tiger töten möchte, nennt er das Sport;
wenn ein Tiger tötet, bezeichnet er das als Grausamkeit."
(G.B. Shaw)

„Die Zeit, die man mit einer Katze verbringt, ist niemals
verschwendet."
(Colette)

„Eine junge Katze ist die Freude ihrer Familie: dieser
unvergleichliche Komödiant unterhält uns den ganzen Tag
lang mit seinem Theaterstück."
(Jules Champfleury)

(Alle Zitate in freier Übersetzung)

Das Spiel sei für die gesunde physische und psychische Entwicklung des Tieres notwendig, und bis dahin ist die Parallele zum Menschenkind ganz evident. Beim Tier, im vorliegenden Fall bei der der Katze kommt hinzu, dass es die Reflexe und die Präzision der Gesten verfeinere, die beim Fangen der Beute oder bei der Verteidigung gegen Artgenossen von großer Bedeutung seien. Das Spiel mit der Mutter oder Geschwistern fördere das soziale Verhalten und die persönliche Ausgeglichenheit. Es handele sich um einen Lernprozess, der auf die verschiedensten Lebenssituationen der erwachsenen Katze vorbereite. Die Koordination der Bewegungen werde perfektioniert, und Konrad Lorenz spricht im Zusammenhang mit dem Spiel von *„der Aktivität eines sich entwickelnden Organismus, einer werdenden Persönlichkeit, die beim ‚fertigen' Tier abnehme".*

Alles was klein, rund und weich ist, was sich schnell bewegt und sich davon macht, ist für die Katze potenzielle Beute. Dabei hat das Spiel der Katze Methode, sodass man es ein Zeremoniell nennen kann. Ist der Überrachungseffekt vorbei, wird das Objekt mit einer Pfote vorsichtig-zögernd taxiert, ehe durch Einsatz der Krallen die Beschaffenheit der Beute näher bestimmt wird. Dann lässt sie sie los, die Beute flüchtet, die Katze ergreift sie von neuem, schüttelt sie und wiederholt das alles ein paar Mal. Beim finalen Angriff schließlich bringt die Katze ihre Beute nach den strikten Regeln der felinen Tradition zur Srecke, indem sie ihre Krallen in den Körper des Tieres stößt. Viele Menschen scheinen damit ein moralisches Problem zu haben, denn die Katze zögert den Tod ihres verletzten Beutetieres ja hinaus. Es geht jedoch nicht an, ihr Verhalten nach menschlichen Werten und Gesichtspunkten zu beurteilen oder gar von Sadismus zu sprechen, vielmehr erhielt die Katze von ihren Vorfahren ein genetisches Erbe, in dem das Jagdverhalten genauestens festgelegt ist. Zur Bestätigung dessen genügt es, eine zähneklappernde Katze zu beobachten, die einen unerreichbaren Vogel in der Luft im Visier hat. Also werden Dressurversuche mit dem Ziel, aus dem Gefährten einen Gentleman zu machen, erfolglos bleiben.

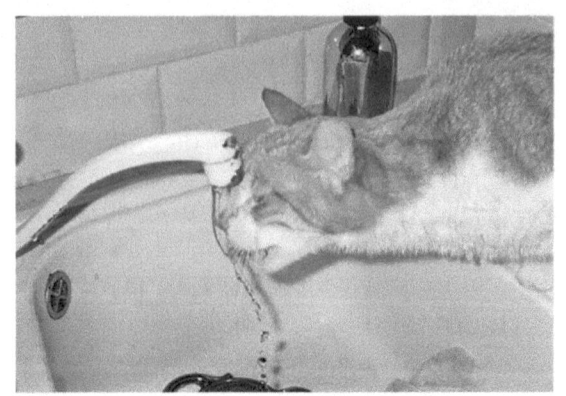

Carmen hatte einen ausgeprägten Spieltrieb, der sich schon bei dem wenige Tage alten Kätzchen zeigte: sie hieb nach allem, was sie bewegte; und manchmal stellte sie die Bewegung auch selbst her, indem sie ruhende Objekte anstieß. Saß sie auf meinem Schoß, so spielte sie mit meinen Ohrringen oder Schleifen an meiner Kleidung. Als die Katzen etwas größer waren, stellte ich ein Spielzeug her, das Carmen über alles lieben sollte: es handelte sich um ein Stück Schnur, an dessen Ende ich diverse kleine Gegenstände, die rollten oder raschelten, befestigte und das ich in der Wohnung hinter mir herzog: Carmen war selig. Der Wesensunterschied der beiden Tiere zeigte sich auch sehr deutlich im Spiel: Bei Carmen hatte ich den Eindruck, dass sie um des Spielens willen spielte, während Martina das schon erwähnte Jagdverhalten zeigte, denn sie fiel sofort über die Übungsbeute her, biss hinein und hielt sie lange fest. Aber beide versteckten sich, lauerten der Beute auf, ehe sie diese ansprangen. Jedoch ließ Carmen immer gleich los, da sie nichts mehr als der Fortgang der Bewegung zu interessieren schien. Carmen wusste auch, in welchem Schrank sich das Spielzeug befand, und oft setzte sich sich miauend davor, um mir verstehen zu geben, dass die Zeit zum Spielen gekommen sei. Und dazu noch einmal der große Tier-Verhaltensforscher Konrad Lorenz: *„Durch das Spiel werden automatisch und ohne vorherige Erfahrung eine Reihe kohärenter, harmonischer Bewegungsablaufe geweckt, die das Tier nicht nur als schön und elegant erscheinen lassen, sondern es auch als Kulturwesen auszeichnen."*

Carmen bot uns in ihren ersten Lebensjahren auch so manches abendliche Schauspiel, wenn Siegfried und ich vor dem Fernseher saßen – so als wollte sie mit dem Medium konkurrieren. Unsere Katze bot uns allerdings ein Programm, das in keiner Zeitschrift verzeichnet und weitaus unterhaltsamer war als das, was die meisten Sender über den Äther schickten. Es handelte sich um ein „Ein-Katzen-Stück", jedoch mit der Beteiligung imaginärer Akteure.

Nicht selten lachten wir Tränen angesichts dieser wundersamen Inszenierungen, die mit Akrobatik, Luftsprüngen und allerhand Verrenkungen gespickt waren, bei denen Carmen unsichtbaren Spielpartnern auflauerte und sich auf diese stürzte. Die ganz spezielle Komik ließ mich den Vergleich mit der «Commedia dell'arte» heranziehen, bei der Carmen abwechselnd Harlekin, Colombine und Pantalone verkörperte. Wir spendeten der Künstlerin Beifall für diese, einem Meisterregisseur und -choreografen würdige Aufführungen.

Carmen war – ich erwähnte es breits – eine Genießerin. Oft rollte sie sich ausgelassen auf dem Teppich hin und her, zum Spiel einladend, und sie genoss es, wenn man ihr den Bauch streichelte. Ist die Rückenlage beim Hund Zeichen der Unterwerfung, so bedeutet sie bei der Katze Wunsch nach Annäherung oder Aufforderung zum Spiel. Und dabei zeigt man durchaus die Zähne. War ich am Tisch beschäftigt, setzte sie sich neben mich, und dann dauerte es nicht lange, bis sie ihre Vorderpfoten gegen meinen Oberkörper lehnte, womit sie mir zu verstehen gab, dass sie auf den Arm genommen werden wollte. War das geschehen, so drehte sie ihren Kopf auf meiner Schulter hin und her und schnurrte dabei. Gibt es ein anderes Wesen, dessen Wohlbefinden hörbar ist? Da sich die bloße Anwesenheit einer Katze schon positiv auf den Gesundheitszustand ihres Menschen auswirken soll, so müsste man annehmen dürfen, dass Schnurren geradezu zu einem längeren Leben des Halters einer Katze führen muss. Die sanfte Carmen hatte aber auch Charakter, und das zeigte sich zum ersten Mal unmittelbar nach ihrer Sterilisierung. Der Eingriff wurde bei den beiden Schwestern zur gleichen Zeit vorgenommen, aber im Gegensatz zu Martina, die sich in ihr Schicksal zu fügen schien, ‚protestierte' Carmen heftig gegen das, was man ihr angetan hatte. Als wir die beiden am Tag nach der Operation bei der Tierärztin abholten, sagte uns diese, dass sie noch nie eine derart tobende Katze nach dem Aufwachen aus der

Narkose erlebt hätte. Sie war auch noch außer sich, als wir zu Hause angekommen waren und fauchte ihre Schwester an, die ihr ja nicht nur nichts getan hatte, sondern auch noch Leidensgenossin war. Das war umso erstaunlicher als sich Martina später als das ,Alpha'-Tier herausstellen sollte. Ich habe an jenen Tag eine lebhafte Erinnerung, denn ich litt mit der kleinen Carmen mit, die mit ihrem frischvernähten Bauch im Wohnzimmer umhertorkelte, statt ruhig im Körbchen liegenzubleiben. Als sie sogar auf den Fernseher sprang, tat selbst mir der Bauch weh, denn ich wurde an die Tage nach meiner Blinddarmoperation erinnert und daran, wie weh die geringste Bewegung tat; der Bauchschnitt war bei den Katzen außerdem wesentlich länger als der winzige ,Bikinischnitt', den man mir gemacht hatte. Carmens Verhalten hatte mich sehr beeindruckt, und ich bewunderte sie für ihren ,Protest'.

Fellpflege – Das Putzritual

„Die Katze ist Narzist und ständig damit beschäftigt, sich schön zu machen. Wenn sie sich vernachlässigt glaubt, ist sie schlechter Laune. Sie hat einen Code ritueller Reinheit und wäscht sich immer mit religiöser Hingabe."
(Camille Paglia)

„Wenn du eine Katze siehst, die mit leichter Tatze ihr rosa Näschen wäscht und ihr seidenes Fell glättet, so solltest du sie brüderlich umarmen: sie putzt sich, also ist sie deine Schwester."
(Alphonse Allais)

(Die Zitate sind frei übersetzt.)

Die Felis domestica liebt es, sauber zu sein und verwendet 30 bis 50 % ihrer wachen Zeit auf die Körperpflege; nach dem Schlafen verbringt sie also damit die zweitlängste Zeit. Sie ist in dieser Hinsicht ein wahrer Pedant, und ich halte Camille Paglias Vergleich mit einer ritualisierten Handlung nicht einmal für übertrieben. Es ist faszinierend, einer Katze bei dieser Tätigkeit zuzuschauen. Sie vollführt dabei geschmeidige Verrenkungen wie ein Zirkusakrobat und nimmt Positionen ein, die einem Yogi durchaus würdig wären. Mit unvergleichlicher Gelenkigkeit erreicht sie so die entferntesten Körperzonen, indem sie sich streckt, zusammenzieht oder eine Pfote senkrecht in die Höhe hält. Letztere Stellung nannte ich die

‚Pablo-Casals'-Position, bei der der Katzenkörper den Meistercellisten, die Pfote sein Instrument, zumindest aber den Griff davon, darstellt. Wenn der Kopf an die Reihe kommt, der ja für die einzigartige multifunktionelle Zunge unerreichbar ist, wird eine Pfote erst mit Speichel benetzt und dann rund um den Kopf und hiner die Ohren geführt. Marcel Aymé beschreibt in seinem Buch «Le Chat perché» eine Katze, die es dadurch regnen lässt, dass sie sich hinter den Ohren wäscht, und vielleicht geht der im Volksmund erhaltene Glaube ja auf diese Schrift zurück. Ich sagte oft im Spaß zu Carmen oder Martina, wenn ich sie beim Putzen beobachtete, „aber nicht hinter den Ohren waschen, wir hatten schon genug Regen".

Warum macht sich die Katze soviel Mühe mit ihrer Toilette? Die Antwort auf diese Frage ist komplex und vielschichtig, denn das Tier putzt sich nicht nur aus dem Bedürfnis heraus, sauber zu sein und aus dem Fell abgebrochene Haarpartikel oder Parasiten zu entfernen. Ich machte mich kundig und erfuhr, dass ein befeuchtetes Haarkleid der Transpiration förderlich sei, und der verdampfende Speichel die Körpertemperatur des Tieres reguliere. Das auf diese Weise ausgeschiedene Wasser entspreche der Menge des ausgeschiedenen Urins. Trinke die Katze aus irgendeinem Grund nicht oder verliere sie krankheitshalber Flüssigkeit (etwa bei chronischer Nierenentzündung), so wünsche sie sich nur halb so oft, und ihr Fell würde schnell matt und vernachlässigt erscheinen. Das Lecken stimuliere den Haarwuch und die Sekretion der für die Undurchlässigkeit des Fells zuständigen Drüsen; das wertvolle Vitamin D werde gebildet, das zu ihrem Wohlbefinden beitrage. Also ist die Katzenwäsche auch wichtiger Faktor für die geistige Gesundheit des Tieres. Aber es steckt noch mehr dahinter, und jetzt wird es erst richtig interessant: Bestraft man eine Katze, so wäscht sie sich umgehend, genauso, wenn sie auf einen Feind trifft oder nicht weiß, in welche Richtung sie gehen soll. Die Katze ‚erfrischt' sich bei jeder Konfliktsituation den Pelz, Stress aller Art veranlasst sie dazu,

Fellpflege zu simulieren. So wäscht sie sich, um ihre Umgebung glauben zu machen, dass sie nichts aus der Ruhe bringen kann. Tatsächlich handelt es sich aber um eine Fassade der Gelassenheit, denn innerlich ist die Katze sehr wohl beunruhigt. Sie wäscht sich vor dem Gewitter, nach einem Sturz oder Unfall, während oder nach der Jagd und immer nach dem Essen. Aber sie putzt sich auch, wenn sie nichts Besseres zu tun hat oder aus Langeweile. Das Putzen verringert die Angst, und das nennt man im psychologischen Jargon ein Verdrängungs- oder Substitutionsverhalten.

Die sprechende Katze Jenni in Paul Gallicos gleichnamigem Roman erläutert ihrem Freund Peter, der träumt, eine Katze geworden zu sein, folgende Grundregel: *„Bist du dir im Zweifel, über irgendetwas im Zweifel – wasch dich! Hast du etwas angestellt und jemand schilt dich – wasch dich schnell! Befindest du dich in einem heftigen Streit und möchtest die Feindeligkeiten gern unterbrechen, bis du dich ein wenig gesammelt hast, fang einfach an, dich zu waschen!"* Das gegenseitige Waschen – ich hatte täglich Gelegenheit das zu beobachten – ist ganz gewiss Ausdruck eines sozialen Verhaltens: Man erweist sich einen Dienst, indem man dem anderen Tier vor allem das für die eigene Zunge unerreichbare Gesicht reinigt. Darüber hinaus ‚imprägnieren' sich die Katzen mit der Persönlichkeit des Partners über den Austausch von Duftstoffen, die von speziellen Drüsen sekretiert werden. Das so verwöhnte Tier tut sein Einverständnis durch absolutes Stillhalten kund. Carmen und Martina hielten dabei auch noch die Augen geschlossen, wie zwei Liebende beim Küssen, und manchmal hielt die Waschende den Kopf der zu Waschenden mit beiden Pfoten fest, was ganz besonders fesselnd für den Betrachter war.

Zum Putzirutal möchte ich ein besonderes Erlebnis erwähnen, Gregory Popovichs «Pet-Show» in Las Vegas, die John und ich vor ein paar Jahren besucht hatten. Popovich – vermutlich handelt es sich um den Sohn des berühmten Moskauer Clowns – war dort –

und ist es noch immer – mit einer Hunde- und Katzendressur zu sehen, die seinesgleichen sucht. An der Show beteiligt waren ca. ein Dutzend Katzen und einige wenige Hunde. Die Katzen saßen auf einer Art ‚Katzenturm', einem Gestell mit auf unterschiedlichen Höhen angeordneten kleinen Plattformen, von denen sie dem Meister auf dessen Geheiß auf die Schulter sprangen. Einige der Tiere sprangen auch durch Ringe, die mit Papier dichtgemacht waren; der bei Großkatzen-Dressuren klassische Sprung durch einen Flammenring wurde den Hauskatzen allerdings nicht zugemutet. Und dann gab es Szenen, wo Katzen Hunde ‚verwöhnten' – in der realen Welt geht es ja eher andersherum zu –, in dem sie diese zum Beispiel in einem Kinderwagen spazierenführten. Im Gegensatz zu einer Dressur mit Großkatzen, die das Gros der Tierfreunde ja wahrscheinlich ablehnt, möchte ich Popovichs Show gleichzeitig sowohl als ‚harmlos' als auch ‚hinreißend' bezeichnen. Harmlos lediglich im Sinne der Abwesenheit von Gefahr und Tierquälerei, die Leistung des Dompteurs hingegen kann man gar nicht hoch genug einschätzen. Ein Kommentar, den ich hörte, war *„nur ein Russe schafft es, eigenwillige Katzen zu dressieren"*. Und ‚hinreißend' scheint mir das passende Adjektiv für diese seltene Darbietung zu sein, bei der als ‚dresurresistent' geltende Katzen, dazu gebracht werden, kleine Kunststücke zu vollführen und ganz offensichtlich Spaß dabei haben. Teil des Spektakels war es für mich, Popovitchs Katzen in der ‚Wartestellung', also vor oder nach ihrem Auftritt zu beobachten, denn sie putzten sich unablässig und – hingebungsvoll. Wie zutreffend ist da doch die weiter oben getroffene Feststellung, nach der Stress aller Art die Katze dazu veranlasst, Fellpflege zu simulieren, ihre Umgebung glauben zu machen, dass nichts sie stören kann (Fassade der Gelassenheit). Mit dem Putzen, das die Angst verringert, sind wir wieder beim Verdrängung- oder Subsitutionsverhalten. Aber wir haben ja bereits eine Erklärung für das Putzen nach dem Auftritt: denn Katzen putzen sich auch, wenn sie nichts

Besseres zu tun haben oder aus Langeweile. Es war interessant, vom Meister während der Vorstellung selbst zu hören, dass er sämtliche Katzen aus Tierheimen geholt und diese sehr sorgfältig ausgewählt habe. Worauf er dabei gachtet hatte, verriet er den Zuschauern jedoch nicht, und dabei hätten mich seine Auswahlkriterien ganz besonders interessiert. Aber diese sind wohl sein Geheimnis, und Intuition ist womöglich auch im Spiel. Ich gehe davon aus, dass dieser Mann eine ganz besondere Beziehung zu Katzen hat, die auf einer gründlichen Kenntnis dieser unvergleichlichen Tiere und einem liebevollen Umgang mit ihnen basieren.

Schlafen, Ruhen, Meditieren

„Der Inbegriff der Stille ist in einer ruhenden Katze zu finden."
(Jules Renard)

„Man muss Katzen nicht beibringen, wie man es sich gemütlich macht; in dieser Hinsicht sind sie von unerschöpflichem Erfindungsgeist."
(James Mason; freie Übersetzung)

Die Katze nutzt alle Einrichtungen des Menschen, die ihr ein Maximum an Komfort ermöglichen: ein ruhiges Plätzchen, idealerweise an erhöhter Stelle und mit interessanter Aussicht, wo sie außerdem noch über das Haus von Herrchen und/oder Frauchen wachen kann. Wie schon erwähnt, verfügten unsere Tiere über eine große Auswahl an Ruheplätzen in unserer Wohnung, und sie machten ausgiebig von diesem Angebot Gebrauch, indem sie sich abwechselnd auf dem Sofa, auf diversen Sesseln, in ihrem Korb unter dem Esstisch mit der bodenlangen Tischdecke, unter den Heizkörpern, wo für sie Kissen bereitgelegt waren, niederlegten. Dass Katzen schnell erschöpft sind, also häufig ruhen müssen, auch um angeblich zu meditieren, wie häufig behauptet wird, wurde an anderer Stelle bereits gesagt.

Ist die Katze eine notorische Schlafmütze? Neigt sie zum Laster der Trägheit? Auch wenn die Antwort auf die Frage nicht eindeutig ausfallen kann, so nimmt das Tier auf jeden Fall einen außergewöhnlichen Platz unter den Säugetieren ein, denn die Wissenschaft attestiert ihr während ihres ganzen Lebens ein gewisses Entwicklungspotential. Die Katze schläft und träumt so viel, vielleicht noch ein bisschen mehr, wie ein zweijähriges Kind, und das sind 13 bis 15 Stunden pro Tag. Träumt der Mensch zwei Stunden während seines Schlafes, so kommt die Katze auf drei bis vier Stunden, und sie ist somit ein großer Träumer zu nennen. Ich konnte beobachten, dass meine Katzen schlafend oft den Gaumen bewegten, kleine Schreie ausstießen oder seufzten. Wovon träumen sie? Vielleicht von vorbeikommenden Mäusen. Träumen deute auf einen aktiven Geist hin, der ständig regeneriert werden müsse, so sagen die Verhaltensforscher. Die Dichter sehen im Träumen eher den Beweis für die Existenz der Seele und den Hang zum Rückzug und zum Abtauchen. Aber man sollte sich nicht täuschen lassen, denn selbst wenn die Katze zu schlafen scheint, so wacht sie doch ständig über ihr Territorium, auch wenn dieses ganz offensichtlich nicht bedroht ist. Sie tut das zumindest mit einem Auge, aber vor allem mit den Ohren, die sich bei dem geringsten Geräusch bewegen. Bei ihrem großen Schlafpensum kann so ein Halbschlaf allerdings nicht allzu schädlich sein.

Collin de Plancy erzählt in ihrem Buch Aus «A la gloire des chats» (in etwa „Auf die Ehre der Katzen") folgende Geschichte: Der Prophet Mohammed hatte eine Katze, die er sehr schätzte. Eines Tages hatte sich dieses liebenswerte Tier auf einen Ärmel seines Mantels niedergelassen und schien so tief zu meditieren, dass der Prophet, der sich zum Gebet aufmachen wollte, es nicht übers Herz brachte, es zu stören, und stattdessen den Ärmel abschnitt. Nach der Rückkehr des Meisters erging sich die Katze in Ehr- und Dankesbezeugungen, was den Propheten zutiefst rührte, sodass er dem Tier einen Platz im Paradies versprach. Danach strich er mit der Hand dreimal über den Rücken der Katze, womit er ihr die Fähigkeit verlieh, bei einem Sturz jederzeit auf ihren Pfoten zu landen. Übrigens soll das ‚M', das man bei vielen Katzen auf der Stirn erkennen kann, für nichts anderes als für den Propheten Mohammed stehen.

„Komm, schöne Katze, auf mein liebend Herze,
und halte noch zurück der Pfote Krallen;
lass tauchend mich in deine Augen fallen,
worin sich mischen der Achat und Erze.

Wenn meine Finger streicheln ohne Hast,
dein Haupt und den geschmeidigsten der Rücken,
die Hände trunken vom Entzücken,
den Leib, der Ströme ausschickt, abzutasten.

Seh´ ich mein Weib im Geist! Sein Blick verzehrt
wie deiner, du so liebenswertes Tier,
gleich tief und kalt und schneidend wie ein Schwert.

Und von dem Fuß zum Haupte schwimmen ihr
in flüchtigen Häuchchen Düfte voll Gefahren,
die ihres braunen Leibes Reize sich paaren.“

(Charles Baudelaire)

Das weibliche Prinzip

„Sie strecken genüsslich und mit den wellig-weichen Bewegungen einer Frau, die gerade aufgewacht ist, ihre Glieder aus.“

„Männer gleichen mehr den Caniden, Frauen den Feliden.“

„Die Sanftheit der Katze führt uns zum ursprunglich Weiblichen zurück.“

(Die Autoren der drei Zitate sind nicht mehr festzustellen)

Katzen werden oft mit Frauen verglichen, und der Vergleich liegt nahe, wenn man an Attribute wie Eleganz, Grazie, Geschmeidigkeit oder Koketterie denkt, die Frauen zugeordnet werden. Aber die Parallelen gehen sehr viel weiter: Frauen gelten im Allgemeinen als subtil, wählerisch-anspruchsvoll, unnahbar, geheimnisvoll bis undurchschaubar. Wir lieben das Weiche und Warme und behaupten von uns selbst, feine ‚Antennen‘ zu besitzen. Mit all' diesen Eigenschaften werden auch Katzen in Verbindung gebracht. Katzen gelten als eitel, welche Frau ist es nicht? Verweist nicht eine Katze, die sich zu einer Kugel zusammengerollt hat, oder selbst ein Katzenbuckel auf die runden Körperformen der Frau. Und wenn wir die ausgiebige Körperpflege der Katze heranziehen, so kann auch das als typisch weiblich gelten. Autoren früherer Epochen sprachen schon einmal abschätzig von der weiblichen Putzsucht. Als Nachttier dürfen wir die Katze dem Mond zuordnen; der Mond wurde überall auf der Erde zum wichtigsten Symbol der Muttergöttin und seine Phasen mit dem weiblichen Zyklus in Verbindung gebracht. Die Katze Bastet im antiken Ägypten war Göttin des Mondes, des Lichtes in der Dunkelheit also, und zugleich Fruchtbarkeitsgöttin, Wohltäterin und Beschützerin des Menschen: die Inkarnation der Weiblichkeit schlechthin.

Der italienische Topdesigner Armani, in dessen geschmackvoll gestalteter Umgebung sich stets fünf oder sechs herrliche Perserkatzen (scheint das Nonplusultra der Katzenaristokratie zu sein) aufhalten, sagt: *„Katzen haben genau die Eigenschaften, die ich bei Frauen am meisten schätze: Eleganz, Unabhängigkeit, Charakterstärke und Unbelehrbarkeit."* Mit letzterer Eigenschaft meinte er wohl die Unfähigkeit, sich dressieren zu lassen, denn Frauen lassen sich ja durchaus – hin und wieder – belehren. Ein Katzenfreund sagte einmal, dass es Menschen gebe, die man unzählige Male täuschen könne, was bei einer Katze nur ein einziges Mal gelingen würde. Dem möchte ich hinzufügen, dass das bei einer Frau genauso ist. Und zum Abschluss dieses Themas eine Passage aus dem Werk des englischen Schriftstellers Robert Southey: *„Jungen im Haus sind wie Lieblingshunde auf dem Land, die mit schmutzigen Pfoten ins Wohnzimmer kommen, sich vor dem Kamin fallen lassen und sauber lecken. Sie sind ständig im Weg, und wenn man sie einmal nicht sieht, stehen die Chancen zehn zu eins, dass sie irgendeinen Schabernack treiben. Mädchen sind wie Katzen, immer sauber und gepflegt, gut genug für die gute Stube."*

Mond und Katze bilden seit Jahrtausenden eine magische Gemeinschaft und werden einander zugeordnet. Katzen gelten nämlich vor allem deshalb als ausgesprochene Mondtiere, weil sich ihre Augen wie der Mond verändern können und durch dessen Licht eine geradezu dämonische Leuchtkraft im Dunkeln erhalten. Einerseits haben wir den Vergleich der Mondsichel mit der schlitzförmigen Pupille des Katzenauges, andererseits ist die Annäherung

Katze-Mond dadurch begründet, dass wir es mit einem nachtaktiven Tier zu tun haben. Bei Vollmond sollen sie ganz besonders aktiv sein. Der Fiktion entspringt wohl, dass sie dann aus dem Haus drängten und mitunter kikometerweit zu einem Versammlungsplatz liefen, wo sie sich im Kreis zusammenfänden, um stundenlang in das Mondlicht zu starren. Das Musical «Cats» von Andrew Lloyd Webber nach Gedichten von Thomas Stearns Eliot aus «Old Possum's Book of Practical Cats» macht sich all diese Vorstellungen zunutze, denn es spielt in einer Mondnacht, in der Zauber, Verwandlung und eine erhoffte Wiedergeburt möglich werden. Die Katzen der Nachbarschaft haben sich auf einem Schrottplatz versammelt, wo sie ihre Fähigkeiten und Eigenarten zeigen können, bis sich schließlich das Wunder im Mondlicht ereignet, auf das die ehemalige ‚glamour cat', die ältliche Katze Grizabella wartet. Weltberühmt ist ihr Lied «Memories», in dem sie mit Wehleid ihre glanzvollen Jahre „my days in the sun" heraufbeschwört.

Eine bewegte Geschichte

„Thou art the great cat, the avenger of the Gods and the judge of words, and the president of the sovereign chiefs and the governor of the holu circle; thou art indeed the great cat"
(Inschrift auf den königlichen Grabsteinen in Theben)

„Die Katze hatte aber immer da ihren Platz, wo die Sitten verfeinert waren." (Autor unbekannt).

„Die Katze an unserer Seite ist nichts anderes als die warme, pelzige, schnauzbärtige und schnurrende Erinnerung an ein verlorenes Paradis."
(Leonor Fini; frei übersetzt)

„Was für Philosophen sind wir, die wir nichts über den Ursprung und das Schicksal der Katzen wissen."
(Henry David Thoreau)

Eine gibt eine Legende, die Herrn Thoreau offensichtlich nicht bekannt war und nach der die Katze ihren Ursprung in der Arche Noah habe. Dort seien nämlich neue Arten entstanden, indem die Tiere – aus purer Langeweile – Partnerwechsel praktiziert hätten. Der Affe machte der Löwin den Hof, und herausgekommen sei dabei die Katze.

Die Felis domestica hat im Laufe der Jahrtausende eine fürwahr bewegte Geschichte hinter sich gebracht, von ihrem Statut als Gottheit im alten Ägypten, über ihre Diabolisierung im Mittelalter, das sie beinahe ausgerottet hätte, bis hin zu ihrer heutigen Stellung als beliebtestes Haustier überhaupt.

Vor fünftausend Jahren zähmten die Ägypter die Katze. Zunächst sollte sie lediglich Mäuse fangen, aber es endete damit, dass diese geheimnisvolle kleine Sphinx zur Göttin erhoben wurde. Einerseits ist sie Bastet, Göttin in Katzengestalt, Beschützerin der Mutterschaft, von der man Tausende Statuetten gefunden hat, andererseits eine Inkarnationsform des Sonnenkönigs Ra. Das Statut der Katze übertraf das aller anderen Tiere im alten Ägypten. Starb eine Katze, rasierte sich ihr Besitzer die Augenbrauen ab. Die hohe Stellung der Katze mag dieses Beispiel aus der Geschichte illustrieren: Im Jahre 525 vor Christus griffen die Perser die ägyptische Stadt Peluse an und hatten die Idee, eine lebende Katze an den Gürtel eines jeden ihrer 600 Soldaten zu binden. Die Ägypter waren entsetzt und zogen es vor, sich zu ergeben, statt zu riskieren, eine einzige Katze zu verletzten oder gar zu töten.

Was schätzten die Ägypter an der Katze so sehr? Den geschickten Jäger, die Ruhe, die sie ausstrahlt, ihre Schönheit, ihre Sauberkeit, ihre Verwandtschaft mit dem Löwen? War es eine Kombination aller dieser Eigenschaften? Sie war Beschützerin und Garantin der Nachtruhe, denn sie verjagte Schlangen und andere giftige Tiere; daneben war sie als Wächterin über die Ernte unersetzlich. Von einer Katze zu träumen steht in der ägyptischen Traumdeutung für die Garantie einer guten Ernte. Und es waren Katzen, die im 6. oder 7. Jahrhundert dazu eingesetzt wurden, die heiligen Manuskripte der Tempel vor Nagern zu schützen, nachdem sie vorher von China nach Japan gebracht worden waren.

Colbert, Finanzminister des Sonnenkönigs und Katzenfreund, nahm Katzen in seine Dienste, denn er verordnete, dass jedes Schiff, das verderbliche Waren beförderte, mindestens eine Katze an Bord haben musste.

Der strenge Kardinal Richelieu war ein großer Katzenliebhaber, und er brachte Dutzende davon an den Hof Ludwigs XIII; unter ihnen soll ein pechschwarzes Tier, genannt Luzifer, gewesen sein. Die Höflinge misstrauten den Katzen zunächst, aber dann kam das Tier groß in Mode, sodass jede Dame eines haben wollte. Der Kardinal war nicht der einzige Katzenfreund unter dem geistlichen Stand; auch Papst Urbanus VII soll zu ihnen gehört haben. Man sagt, dass Napoleon Bonaporte allergisch auf Katzen reagierte. Als die Pest seine Armee bedrohte, beauftragte er seine Wissenschaftler, Fallen und Gifte zu erfinden, die die Ratten töten würden. Aber keines dieser Mittel erwies sich so wirkungsvoll wie die Katzen, also wechselt der Kaiser seine Meinung und gibt Order, in großem Stil Katzen aufzuziehen. Im 19. Jahrhundert entdeckt Louis Pasteur die Existenz der Mikroben, und von da an misstraut man ganz allgemein der Tierwelt, mit Ausnahme der Katzen, denn diese verwendet ja Stunden darauf, sich zu waschen. Also holt man sie sich ins Haus, und da ist sie geblieben.

Die katholische Kirche hingegen misstraute seit jeher den Katzen, aber im Mittelalter erklärte sie ihr ganz offen den Krieg: man verjagt sie, man tötet und foltert sie, und während dieser Zeit vermehren sich die Ratten: Die Pest, durch Ratten verbreitet, trat ihren Siegeszug an, und wie bekannt ist, wurde nicht selten durch eine einzige Epidemie mehr als die Hälfte der Bevölkerung einer Stadt hinweggerafft. Es muss dahingestellt bleiben, wieviele Menschenleben erhalten geblieben wären, hätte man zunächst einmal die Katzen am Leben gelassen.

Champfleury: *„Le Moyen Age qui brûlait les sorcières et quelquefois les savants, devait brûler les chats. Grande colère des brutes contre les songeurs."* („Das Mittelalter, das Hexen und mitunter Gelehrte verbrannte, musste selbstverständlich Katzen opfern: der große Zorn der Verrohten gegen die Träumer."; frei übersetzt)

Welch ein Abstieg, nämlich der in die Hölle, fand da statt, in Europas finsterem Mittelalter, das in diesem attraktiven Wesen eine Inkarnation des Teufels sah. Die Kirche erfand die dämonische Katze, der sie böse Absichten, unheilvolle und übernatürliche Kräfte unterstellte. Als Werkzeug des Teufels galten auch die unzähligen, oft schönen Frauen, denen man unter fadenscheinigen Gründen den Hexenprozess machte und die man, hatten sie eine Katze, mit diesen bei lebendigem Leibe verbrannte. Unter Papst Innocent VII im 15. Jahrhundert riskierte jede Person, die eine schwarze Katze besaß, verbrannt zu werden, es sei denn, die Katze hatte einen weißen Fleck, der dann als Engelszeichen gedeutet wurde. Beispiel für die traurige Geschichte des Missbraucht- und Gequältwerdens findet sich auch in Ypern, einer mittelalterlichen Stadt in Flandern. Ein paar Jahrhunderte bevor auf ‚Flanders' Fields' unzählige junge Soldaten ihr Leben lassen mussten, war dieser durch den ersten Weltkrieg bekannt gewordene Ort Schauplatz für Katzen-Misshandlungen großen Stils: Man warf die Tiere vom Turm der Tuchhalle, und dieses verwerfliche Tun lebt heute als Volksbelustigung in der Folklore der Stadt weiter, indem Plüschkatzen stellvertretend für die damals geopferten bedauernswerten Kreaturen durch die Luft fliegen. Hauptfigur des Spektakels ist Minneke Poes, eine kokette Kätzin, der ein Umzug gewidmet ist, der sog. ‚kattenstoet'.

Abergläubische Vorstellungen über die magischen Kräfte der Katze haben sich bis heute erhalten. Es soll Zeitgenossen geben, die ihren Weg ändern, wenn eine schwarze Katze diesen zufällig kreuzen sollte.

Eine Traumanatomie

„Es gibt Schönheiten, für die uns die Worte fehlen;
Katzen gehören zu dieser Kategorie..."
(Louis Nucéra; frei aus dem Französischen übersetzt)

„Für blinde Seelen sind alle Katzen ähnlich, für Katzenliebhaber
ist jede Katze von Anbeginn an absolut einzigartig"
(Jenny de Vries)

„Besser schön sein, als Sachen zu apportieren"
(Autor unbekannt)

Die Nase fein, die Augen helle, zart rosenfarb' der kleine Mund,
jedwede Linie eine Welle und jede Regung weich und rund."
(Friedrich Theodor Vischer)

Leonardo da Vinci, fürwahr eine Autorität auf dem Gebiet, sprach in Bezug auf die Katze von einem ‚Meisterwerk der Natur'.

Es ist unbestritten, dass die Feliden von der Natur mit außerordentlicher Wohlgestalt ausgestattet wurden. Hauskatzen seien unter dem Fell beinahe alle gleich, so las ich, und ihr Skelett unterscheide sich – im Gegensatz zu dem des Hundes – kaum von einer Rasse zur anderen. Betrachten wir also vielmehr den Kopf und die Sinnesorgane, denn da gibt es Phänomenales zu entdecken: Heißt ‚sehen' im Lateinischen nicht ‚cattare'? Welch wundervolle Augen, diese vielzitierten großen Katzenaugen, mit ihrer bestechenden Hell-Dunkel-Variabilität, deren Pupille sich weitet oder zusammenzieht, je nach Lichtverhältnissen und die fünfmal mehr Lichtmenge verträgt als das Auge des Menschen! Im Halbdunkel sieht die Katze sogar sechsmal besser als wir, aber nicht in absoluter Dunkelheit, auch wenn das oft behauptet wird – aber wo ist es schon völlig dunkel? Das sagt die Wissenschaft dazu: Die Netzhaut der Katze verwende das einfallende Licht zweifach; der Teil, der ins Auge eindringe, aber nicht aufgefangen werde, werde vom sog. ‚Tapetum licidum', einer Art Spiegel, auf die Netzhaut zurückreflektiert, eine bei nachtaktiven Tieren typische ‚Einrichtung'. In der Netzhaut der Katze befänden sich 25 Mal mehr Stäbchen – lichtempfindliche Zellen – als Zäpfchen. Beim Menschen sei das Verhältnis 1 : 4; deshalb sähen wir wesentlich schlechter in der Dunkelheit, aber unterschieden sehr viel mehr Farben. Soviel zu meinen Recherchen das Sinnesorgan betreffend, aber daneben gibt es die interessante Feststellung, dass Katzen Augenkontakt machen, im Gegensatz zu vielen anderen Tieren, denen man sich – so die Kenner – mit niedergeschlagenen Augen nähern soll (z.B. dem Gorilla oder dem Bären). Und in der Tat schaut sie uns bei Verlegenheit nicht in die Augen. Der Ausdruck ihrer Augen spricht dann auch eine deutliche Sprache: sind sie weit geöffnet, so bedeutet das Aufmerksamkeit oder Neugier; sind sie halbgeöffnet, so darf man das als Vertrauen deuten; das Tier genießt seine Ruhe und fühlt sich sicher.

Nach dem Blickkontakt ist es der Geruchssinn, der den Kontakt herstellt oder aber verhindert, und in dieser Hinsicht ist ihr lediglich der Hund überlegen. Das niedliche Näschen dieses wohlproportionierten Kopfes, sowohl von vorne als auch im Profil, hat es in sich, denn es enthält nicht weniger als 200 Millionen Geruchszellen (Mensch: 5 Millionen) und dient hauptsächlich der Kommunikation mit Artgenossen oder ihren menschlichen Freunden. Der Geruchssinn spielt eine ausschlaggebende Rolle beim Essen; wird dieser durch Krankheit eingeschränkt oder gar zerstört, so wird die Katze nicht viel oder gar nichts essen und womöglich verhungern. Außerdem ist diese exakt konturierte niedliche Nase noch mit einem Extra ausgestattet, dem ‚Jacobschen Organ‘, der die Katze in die Lage versetzt, Gerüche genau zu analysieren. Ich erkannte oft an dieser typischen Grimasse, wenn Carmen oder Martina dabei waren, einen neuen interessanten Geruch zu untersuchen und zu, zerlegen‘, den sie dann, so las ich, nie mehr vergessen würden.

Auch in Bezug auf ihren Tastsinn ist die felis zu beneiden, denn ihre Pfoten sind nicht nur Fortbewegungs- und Verteidigungsinstrument, sondern stellen ein hoch sensibles Tastorgan dar, dessen Kissen auch die geringsten Vibrationen des Bodens wahrnehmen.

Die kleinste Luftbewegung nehmen auch ihre Schnurrbarthaare wahr dank zahlreicher Nervenzellen. Es ist ihr also möglich, einerseits Hindernissen aus dem Weg zu gehen, andererseits eine Beute auch in der Dunkelheit genau zu lokalisieren. Daneben registriert das Fell Luftströmungen, wahrscheinlich eine Erklärung unter anderem dafür, dass Katzen Erdbeben oder Stürme durch Druckveränderungen, elektrische Ladungen in der Atmosphäre im Voraus spüren. Hitze und Kälte gegenüber ist das Tier relativ unempfindlich, sofern es sich nicht um extreme Temperaturen handelt. Nun zu den Ohren: nicht weniger als 36 Muskeln stecken in den ‚aufgeweckten‘ Ohren der Katze, die ständig in Bewegung sind, die 80.000 Hz wahrnehmen, womit sie in Bezug auf ihr Hörvermögen direkt unter der Fledermaus mit 120.000 Hz, aber über dem des Hundes (50.000 Hz) angesiedelt ist. Der Mensch mit seinen bescheidenen 20.000 Hz muss auch da als Zwerg gelten. Was hat es mit dem sechsten Sinn, den man ihr so oft nachsagt, auf sich? Er könnte im Bereich des Orientierungsvermögens zu suchen sein: Weit verbreitet sind Berichte und Erzählungen von Katzen, die an einen fremden Platz verbracht wurden, mitunter sogar in einem Sack, und die dann wenig später wieder an ihrem vertrauten Ort auftauchten. Zwar weiß man, dass der Geruchssinn, der der Katze ein Bild von der Umgebung ihres gewohnten Wohnplatzes vermittelt, eine Rolle spielt, aber daneben reagiert sie auf die Magnetfelder der Erde, wie auch Zugvögel, Brieftauben oder Fische. Letztere Möglichkeit befähigt Katzen, Erdbeben zu spüren, noch ehe diese geschehen. Augenzeugen berichteten, dass ihre Tiere aufgewühlt im Haus herumgeirrt seien, bevor sie dieses in Panik verlassen hätten, aber nicht bevor sie ihre Jungen – falls solche vorhanden waren – nach draußen gebracht hätten. Es wird behauptet, dass Katzen durch dieses Verhalten schon manchem Halter das Leben gerettet hätten. Aber mit übernatürlichen Kräften, die ihr vor allem das Mittelalter angedichtet hatte, hat das nichts zu tun.

Und schließlich kommen wir zu dieser einmaligen Lebensäußerung der Felis, zu ihrem Schnurren, das uns Menschen so wohltut, dass man neuerdings von ‚Schnurrtherapie' spricht. Der Tierarzt Dr. Gauchet aus Toulouse stellt fest, dass das Schnurren einer Katze Stress, Angst, Schlaflosigkeit und Melancholie entgegenwirke. So viel wissen wir: Die Katze schnurrt in angenehmen Situationen: Beim Saugen und Säugen, bei der Paarung oder wenn sie ruht oder gestreichelt wird. Seltsamerweise kommt es vor, dass sie auch dann schnurrt, wenn sie Schmerzen hat. Uns Menschen gibt Dr. Gauchet den Rat, uns nicht der Liebe unserer Katze zu versagen; da sie unserer Gesundheit zuträglich sei. Dass, wer mit einer Katze zusammenlebt, sein Herzinfarkt-Risiko um 30 % senke, haben wir bereits an anderer Stelle erfahren.

Träumerei

Ich war in der Morgendämmerung

auf leisen Pfoten unterwegs

Taufeuchtes Gras

unter meinen rosa Ballen

Der Wind war kühl

aber mein dichtes Fell hielt warm

Mit gespitzten Ohren

lauschte ich dem Gesang der ersten Vögel

und genoss den Duft des Sommers

Plötzlich ein Geräusch, ein hoher Ton

weckt Jagdfieber, heißes Blut

Alle Sinne gespannt, auf der Lauer

schlug ich meine Krallen

in weiches warmes Fleisch

Spielerische Lust trotz gefüllter Futternäpfe

Maus bleibt Maus!

Satt und zufrieden kehrte ich heim

in die Geborgenheit meines Zuhauses

zu Liebe und Streicheleinheiten

Anja Tomczak

Die Hegelsche Komponente

„Katzen sind ständig auf der Lauer, bös und untreu,
aber Samtpfötchen zeigend."
(La Rochefoucault)

„...allerdings sind sie köstlich, denn, während wir sie streicheln,
reiben sie sich an uns, rollen sich auf uns, fixieren uns mit ihren
gelben Augen, die uns jedoch nie zu sehen scheinen."
(Guy de Maupassant)

(Beide Zitate sind freie Übersetzungen
aus dem Französischen.)

Ist die Katze eigentlich ein kleines wildes Raub- oder ein Haustier?

Ich hatte vor einiger Zeit einen eigenartigen Traum, in dem es um dieses Buch ging, das einen Verleger gefunden hatte und inzwischen bereits auf dem Markt war. Ein Literaturkritiker hatte geschrieben, dass dem Buch die ‚Hegelsche Koponente' fehle. Ich fragte mich am nächsten Morgen, was um Himmels Willen ein philosophischer Exkurs in einem Buch über Katzen zu suchen habe. Wie sprang denn da mein Unterbewusstsein mit mir um? Wahrend meines Germanistik-Studiums hatte ich mich mit diversen Philosophen zu beschäftigen, einer Materie, die mir nicht leicht fiel, und den ‚schwierigen Schwaben' verstand ich auf Anhieb gleich gar nicht. Ich schlug also bei Hegel nach, aber nicht im Original, sondern in Paul Strathern's Schnellkursus über die wichtigsten Philosophen, den ich mir im Hinblick darauf, mir ein Basiswissen zu erwerben, einmal zugelegt hatte. Ich fand dort bei «Hegel in 60 Minuten» einen Aspekt, der im Zusammenhang mit Katzen recht interessant ist. Es handelt sich um die berühmte dialektische Methode: Zwei Gegensätze, These und Anithese, verschmelzen zur Synthese. Auf Katzen angewandt fielen mir folgende Beispiele ein: These: Gottheit, Antithese: Teufel, Synthese: ein unbekanntes Wesen. These: Samtpfötchen, Antithese: Todeskrallen, Synthese: duale, unberechenbare Kreatur. Die bereits früher zitierte Autorin Camille Paglia führt dazu aus, dass Katzen allemal ambivalent seien, somit gleichzeitig schnurren und beißen könnten und ihrer apolleonischen Eleganz der nächtliche Primitivismus mit blutigem Rituell entgegenstehe. Sie habe wahrscheinlich auch ein gespaltenes Bewusstsein, denn sie gebe ja vor, die Beziehung zwischen sich und ihrem Schwanz nicht zu kennen, wenn sie diesen auf eine Art und Weise angreife, die schizophren zu nennen sei.

Zu ‚Dualität' las ich bei Dr. Dehasse/Dr. De Buyser, dass einer der Gründe, warum die Katze angenehme Gesellschaft ist, der sei, dass sie kein soziales Verhalten zeige, was jedoch merkwürdig klingen möge. Als angeborenem Einzelgänger störe es sie nicht, wenn sie stundenlang täglich alleine bleiben müsse, was bei anderen Tieren, z. B. Hunden, zu beträchtlichen Verhaltensstörungen führen könne. Die Katze liebe ihre Freiheit und doch ließe sie sich in ein Heim einschließen. Die unabhängige Katze respektiere die Einsamkeit des anderen, schenke ihre Zuneigung Menschen und Artgenossen gleichermaßen. Sie sei Einzelgänger und akzeptiere doch ein Leben in der Gruppe.

Also haben wir es bei ihr ganz offensichtlich mit einer Doppelexistenz zu tun: sie ist einerseits bestens adaptiert an zivilisatorische Annehmlichkeiten, lebt andererseits ihre archaische Raubtiernatur in der nächtlichen Jagd aus.

Und noch einmal zu Camille Paglia und ihrem Text «Apollonische Eleganz/nächtlicher Primitivismus der Katze». Sie schreibt, dass es sich beim letzten vom Menschen domestizierten Tier um eine nordafrikanische Wildkatze ‚elix lybica' handele, einem geheimnisvollen Nachttier. Im Vergleich zu den Hunden, die ein Bedürfnis hätten, Sklave zu sein und sich den Wünschen der Menschen unterzuordnen, seien sich Katzen, die aus purem Opportunismus handelten, selbst genug. Sie seien unmoralisch zu nennen, denn sie verletzten wissentlich die Gesetze. Nach ihr ist die Katze das vielleicht einzige Tier, das sich daran erfreut, anders zu sein. Die Katze liebe die Geheimnisse der Welt. Es gefalle ihr, unsichtbar zu sein, und komischerweise glaube sie, unsichtbar zu sein, wenn sie zum Beispiel über einen Rasen streiche. Aber andererseits liebe sie es auch, zu sehen und gesehen zu werden. Sie sei ein amüsierter Zuschauer des Lebens. Katzen hätten Sinn für Komposition; so ließen sie sich in symmetrischer Weise auf Tischen und Stühlen nieder, aber auch ein Blatt Papier könne genügen. Sie legten Wert auf die apollonische Geometrie des mathematischen Raums. Katzen sind nach ihrer Definition hochmütige Einzelgänger, die Präzision liebten und eitel seien. Sie hätten Sinn für die ‚persona', und es sei ihnen ganz offensichtlich peinlich, wenn ihre Würde durch die ‚Faits de la réalité' angegriffen werde. Die Katze stelle ihre eigenen Gesetze auf, und sie verzichte niemals auf ihr Gehabe von Luxus und Gleichgültigkeit. Die Katze habe mit Sicherheit geheime Gedanken, auch ein gespaltenes Bewusstsein, und sie brauche rituelle und blutige Zeremonien. Welch' beachtliche Analyse!

Die Antithese Raubtier-Kuschelbaby brachte mein niederländischer Kollege Dirk Meursing in folgendem Gedicht zum Ausdruck, das ich hier mit seinem Einverständnis in freier Übersetzung wiedergeben möchte:

Auf eine Mieze und eine Katze

Die Mieze schnurrt sanft auf meinem Schoß,
meine liebe Mieze; sie brummt ein bisschen.
Die Katze hat soeben eine Maus getötet,
beinahe, schau' doch, sie bewegt sich noch ein bisschen.
Die Mieze lauert der Maus auf,
dann springt sie; sie muss ja ihre Jungen füttern.
Und auf dem Sofa liegt die Katz'
Und leckt sich schön, der Schatz.

James Krüss formulierte die Thematik folgendermaßen:

„Kleine Katzen sind so drollig
und so wollig und so mollig,
daß man sie am liebsten küßt.
Aber auch die kleinen Katzen
haben Tatzen, welche kratzen.
Also Vorsicht! Daß ihr's wißt!

Kleine Katzen wollen tollen
und wie Wolleknäuel rollen.
Das sieht sehr possierlich aus.
Doch die kleinen Katzen wollen
bei dem Tollen und dem Rollen
fangen lernen eine Maus.

Kleine Katzen sind so niedlich
und so friedlich und gemütlich.
Aber schaut sie richtig an:
Jedes Sätzchen auf den Tätzchen
hilft, daß aus dem süßen Kätzchen
mal ein Raubtier werden kann."

An dieser Stelle möchte ich von einer Erfahrung berichten, die Siegfried und ich gemacht hatten, als unsere Tiere ein Jahr und drei Monate alt waren und bei der Katzen lediglich eine virtuelle Rolle spielen. Wir reisten damals über Weihnachten und Neujahr nach Sri Lanka und überließen die Pflege Carmens und Martinas einer Nachbarin, selbst Halterin zweier Katzen und große Tierfreundin. Da wir sicher sein konnten, dass die Tiere gut versorgt würden, flogen wir leichten Herzens in den Urlaub. Auf der Insel hatten wir dann ein wundersames Erlebnis mit einem Eichhörnchen, das wir vor einem zu befürchtenden Zugriff von Katzen bewahren konnten. Schauplatz war der Park des Hotels, wo wir einen abendlichen Spaziergang machten und an der dort befindlichen Bar, die bereits geschlossen war, diskutierende Hotelkellner vorfanden. Sie standen am Tresen um ein junges Eichhörnchen herum, und sagten uns, dass dieses wohl aus dem Nest gefallen sein müsste. Würden sie es alleine hier lassen, bestünde die Gefahr, dass das Tier von einer der Katzen gefressen würde. Wir schlugen vor, es für die Nacht mit in unser Zimmer zu nehmen und es am Morgen an dieselbe Stelle zurückzubringen. So geschah es; das niedliche kleine Tier verbrachte die Nacht, auf ein Handtuch gebettet, in meiner Reisetasche, und am nächsten Morgen gingen wir noch vor dem Frühstück zurück zur Bar in den Garten. Was jetzt folgt, hat mich zutiefst berührt: Kaum hatten wir das Eichhörnchen-Baby auf die Erde gesetzt und uns ein wenig von ihm entfernt, als ein Gewirr von Tierstimmen zu vernehmen war, wohl eine Art Verständigungscode innerhalb der Eichhörnchen-Kolonie, die das verlorene Junge entdeckt haben musste und dies den Eltern mitteilte. Schon sahen wir auch ein Eichhörnchen von einem der Bäume herunterflitzen, das junge Tier beschnuppern, um dann wieder auf den Baum zurückzuklettern. Aber kurz darauf kam es zurück, einen Ball Gräser im Maul haltend, mit dem es auf das Junge zueilte und diesem damit das Fell bearbeitete. Es galt ja wohl, artfremde – in diesem Falle menschliche –

Gerüche zu beseitigen. Nach der Prozedur verschwand das ausgewachsene Tier, von dem wir annehmen mussten, dass es die Mutter war, das Kleine im Maul haltend, im Baum. Wir waren sprachlos und ergriffen von dem wundersamen Ereignis, dessen Zeugen wir sein durften. Ich dachte an Martina und Carmen und an die Dualität bei den Katzen: Samtpfötchen und Todeskrallen; letztere hätten dem kleinen Eichhörnchen fatal werden können. Aber was sind schon menschliche Erwägungen gegen die unergründlichen Gesetze der Natur!

Ein Schiff wird versenkt

„Mima, die Katze thronte erhaben über allem – geheimnisvolle Gott-
heit mit spöttischen Pupillen."
M. de Ghelderode

„Katzen wissen sich bei all ihrer Geschicklichkeit so ungeschickt
anzustellen, dass der Mensch es längst aufgegeben hat,
sie zu erziehen."
(Jeremy A. White)

(Beide Zitate sind freie Übersetzungen.)

Dass Katzen immer hoch hinauswollen, ist allgemein bekannt. Bei uns zu Hause war der höchste für Carmen und Martina erreichbare Punkt ein Gläserschrank im Wohnzimmer, auf dem das Modell einer französischen Fregatte aus dem 18. Jahrhundert stand, das Siegfried als passionierter Modellschiffbauer vor einigen Jahren in unzähligen Arbeitsstunden verfertigt hatte. Die „Soleil Royal" war originalgetreu mit einer hochkomplizierten Takelage und allen da zugehörigen Segeln neben einer großen Anzahl Kanonen, wie das echte Schiff, ausgestattet. Als wir eines Abends von der Arbeit nach Hause kamen, befand sich dieses schöne Stück nicht mehr auf seinem Platz, sondern lag als Wrack auf dem Boden vor dem Gläserschrank. ‚Wrack' ist leicht übertrieben, da der Schiffskörper wenig beschädigt war, jedoch waren Segel und Takelage kollabiert, und das war in Siegfrieds Augen ein ‚Totalschaden', da sich ihm ein unentwirrbarer Fadenknäuel präsentierte.

Mir war bei diesem Anlick zum Weinen zumute, wusste ich doch, wie schmerzlich der Anblick seines zerstörten Werks für Siegfried sein musste. Er tat mir unendlich leid, und umso größer war daher meine Verwunderung über seine gelassene Reaktion. Er könne den

Katzen nicht böse sein, sagte er, da er sie dafür zu sehr liebe, aber dass er das Schiff, dessen Takelage nicht wiederhergestellt werden könne, nicht mehr sehen wolle. Ich versuchte ihn zu überreden, es doch zu versuchen, zumal ja der Schiffsrumpf quasi heilgeblieben war, aber er blieb bei seiner Meinung, und so brachte ich das Teil in den Keller, wo es sich noch heute befindet. Ich stellte mir vor, wie er reagiert hätte, wäre mir sein Werk etwa beim Staubwischen entglitten, und mir war klar, dass seine Reaktion weit heftiger ausgefallen wäre.

Ich zog als Parallele die Geschichte von Samson und den Philistern aus dem Alten Testament als Vergleich heran. Hatten die Philister die Gefahr aus den Augen verloren, die in Samsons nachwachsenden Haaren und damit der Rückkehr seiner Kraft bestand, so wurden wir vom plötzlich gestiegenen Sprungpotential der Katzen überrumpelt, das es diesen ermöglichte, Plätze zu erreichen, wo sich zerbrechliche Kostbarkeiten wie eben die „Soleil Royal" befanden. Allerdings war ein Sprung auf den Schrank nur möglich, da sich neben diesem ein Tisch befand, der den Katzen als Absprungbasis für die höhere Ebene diente, und doch: Auf diesem Tisch befand sich allerhand Nippes. Zwischen den diversen Objekten, darunter einer Tischlampe, gibt es wenige freie Quadratzentimeter, die die beiden beim Absprung vom Boden anvisieren mussten, um von dort weiter auf den Schrank zu springen. Es grenzte für mich an ein Wunder, dass nichts zu Bruch ging. Da ja die Geschicklichkeit der Katzen sprichwörtlich ist, fragten wir uns oft, wie die beiden es angestellt haben könnten, dass das Schiff auf den Fußboden fiel, denn es war auf dem Schrank genügend Platz für zwei Katzen und ein Schiff. Eine mögliche Erklärung wäre, dass Carmen und Martina sich dort oben einem ihrer spielerischen Kämpfe ergaben, die Situation außer Kontrolle geriet, und das Schiff dabei zu Boden ging. Später schenkte ich der Version, dass die beiden oder eine der beiden das Schiff absichtlich vom Schrank gestoßen haben könnten, da dieses ihre ungehinderte Sicht einschränkte, mehr Glauben. Der Schrank steht nämlich an einem ‚strategisch' wichtigen Platz, gegenüber einer Glastür, die das Wohnzimmer von der Eingangshalle trennt, und die ihn zur idealen Aussichtsplattform für die Wohnungstür macht. Auf dem Schrank tronend, konnten die beiden genau beobachten, wer wann ein- und ausging. Hinter dieser Tür war ihre Welt übrigens zu Ende, vielleicht ein Grund mehr für sie, das Hindernis aus dem Weg zu räumen.

Diesem Kapitel möchte ich folgende Feststellung von Dr. Joël Dehasse und Dr. Colette De Buyser aus ihrem Buch «Le chat cet inconnu» (frei übersetzt, wie auch der anschließende Text: „Die Katze, die große Unbekannte") hinzufügen: *„Wirft eine Katze einen Gegenstand um, darf man sich mit vollem Recht fragen, ob das Tier krank ist oder ob sie es absichtlich getan hat, denn ihre sprichwörtliche Geschicklichkeit ist mit Scherben nicht zu vereinbaren. Man hört von Sammlern, die es dulden, dass ihre Katze zwischen ihren wertvollen Stücken herumspaziert oder sich dort gar niederlegt, da sie ja nicht befürchten müssen, dass je etwas umgestoßen wird."*

Von anderen Katzen

„Katzen füllen die Leerstellen im Universum aus."
Marion Garetti

„Es gibt keine gewöhnlichen Katzen."
(Colette; frei übersetzt)

Werdende Mutter auf Sri Lanka:

Es war am ersten Abend unseres Aufenthalts, als wir auf dem Weg ins Hotelrestaurant einer trächtigen Katze begegneten, einem zutraulichen Tier, das sich streicheln ließ, und dem ich, nachdem wir gegessen hatten, ein paar Happen vom Büffet mitbrachte. Sie verschlang diese gierig und wehrte dabei gleichzeitig entschieden einen hinzugekommenen Artgenossen ab, der verständlicherweise auch etwas abhaben wollte. Das Tier stand ganz ohne Zweifel kurz vor der Niederkunft, brauchte also Kraftreserven für die folgenden Tage, womit wir ihr harsches Verhalten gegenüber der zweiten Katze erklärten. Ich nahm mir vor, die Fütterung am nächsten Tag fortzusetzen, aber leider ließ sich das Tier dann nicht mehr blicken.

Inzwischen hatte ein tropischer Regen mit den typischen heftigen Niederschlägen eingesetzt, die sich während ungefähr einer Woche einmal täglich zur fast gleichen Stunde wiederholten. Da wir vergeblich auf das Erscheinen der Katze warteten, nahmen wir an, dass der Nachwuchs inzwischen geboren sein musste. Ich hoffte fest, dass die Katze einen geschützten Platz für ihr Wochenbett gefunden hatte, aber die Vorstellung einer von den Wassermassen weggeschwemmten Katzenmutter und ihren Jungen verfolgte mich dennoch. Mehr als zehn Jahre nach unserem Urlaub im Süden Sri Lankas wurde dieser Landstrich, wie andere Regionen im Indischen Ozean von einem verheerenden Tsunami heimgesucht, der viele tausend Opfer forderte. Man berichtete damals von Kühen, die sich kurz vor dem Herannahen der vernichtenden Flutwelle in die Berge aufgemacht hatten, gefolgt von wenigen Menschen, die dem Instinkt dieser Tiere vertrauten. Wir wissen ja nur zu gut, über welch' hochentwickelte Sinne viele Tiere verfügen, wenn sie nicht sogar einen sogenannten 7. Sinn haben.

Die feine Nase von Hund und Katze ist ein solches Beispiel. Und wir haben im Kapitel über die Sinnesorgane bereits gehört, dass Katzen in der Lage sind, feine Schwingungen und Vibrationen wahrzunehmen, die sie in die Lage versetzen, Gewitter oder gar Erdbeben weit vor Eintreten dieser Naturphänomene zu spüren. Es wäre interessant zu wissen, wie viele andere Tiere – gefolgt von Menschen? – es damals den Kühen auf Sri Lanka gleichtaten und sich in die Berge in Sicherheit brachten. Auch dieses Beispiel zeigt, dass man im Umgang mit Tieren nicht nur Einiges lernen kann, uns diese in mancher Hinsicht sogar überlegen sind. Ich werde in einem späteren Kapitel auf diese Thematik zurückkommen.

▶ Der Kater Max

Meine Feundin Sonja, die ebenfalls in Belgien lebt, ist sehr tierlieb und deshalb auch Halterin von Hund und Katze. Max ist ein schwarz-weißer Kater, mit einem Fell wie Samt und Seide und der vor Gesundheit strotzt. Sonjas schöner Bungalow mit großem gepflegtem Garten, vielen Blumen, Sträuchern, Büschen und Bäumen aller Art – auch ein Goldfischteich mit Springbrunnen fehlt nicht – ist das Reich dieses liebenswerten Tieres, das das artgerechte Leben einer Katze führt, ein Leben, das wir unseren Tieren – im zweiten Stock eines Mehrfamilienhauses – leider nicht bieten konnten. Das ganz Besondere an Max sind seine Essgewohnheiten oder vielmehr seine ‚Tischmanieren'. Er ist fürwahr ein echter Tischgenosse, der, auf einem Stuhl sitzend, das Mahl mit den Leuten teilt. Wir waren sprachlos, als wir zum ersten Mal Zeuge dieses ungewöhnlichen Verhaltens bei einer Katze wurden: Max' Frauchen füllt den Napf des Tieres hintereinander mit allem, was auf dem Menuplan steht, selbst Salat, und Max lässt sich jeden Gang schmecken. Erst beim Dessert verlässt er die Tischrunde, denn über Geschmackspapillen für ‚süß' scheint er wie auch seine Artgenossen nicht zu verfügen.

Sonja erzählte uns, dass ihre Tochter dieses Verhalten kritisiere, da sie es unhygienisch fände, dass das Tier am Tisch mitisst. Wir, die Freunde Sonjas, sind da ganz anderer Meinung und würden Max am liebsten einen Orden für vorbildliche Tischmanieren verleihen. Er ist so diskret und zurückhaltend, dass seine Pfötchen zu keinem Moment die Tischdecke berühren. Er läppelt sich ‚freihändig' die Happen in den Mund, nicht anders als stünde der Napf auf dem Boden. Ich habe Max längst geadelt, er ist in meinen Augen ein Aristokrat unter den Katzen, der durch seine ‚erhöhten' Essgewohnheiten auch eine höhere Stufe der Kultur erreicht hat.

Sonja hat, wie schon erwähnt, auch einen Hund, einen niedlichen umtriebigen Chihuahua, der sich mit Max prächtig versteht. Die beiden Tiere spielen zusammen, teilen sich manchesmal ihr Körbchen, wobei Max – wer hätte das anders erwartet – den Ton angibt; Letzterer ist übrigens größer und schwerer als der Hund Diego, aber die Körpergröße ist nicht der Grund: Katzen – wir wussten es bereits – sind Führernaturen.

▶ Peterle, mein liebes armes Peterle

Ich musste, während Carmen und Martina mein Leben teilten, oft an unsere Katze Peterle in Karlsruhe denken, als ich noch bei den Eltern wohnte, wo ich eine nicht leichte Kindheit und Jugend verlebte. Meine Eltern hatten dort eine Metzgerei mit Gastwirtschaft, einen reinen Familienbetrieb, in dem meine Mutter und mein Bruder, später auch meine Schwägerin ‚eingespannt' waren. Auch ich musste seit meiner frühen Jugend im elterlichen Geschäft mithelfen, und selbst nachdem ich bei einer Bank arbeitete, waren Feierabend und Wochenenden dem elterlichen Betrieb gewidmet. Wir alle fürchteten meinen Vater, einen unausgeglichenen Mann mit cholerischem Temperament, der meine Mutter schlug, sodass mein Leben die reine Hölle war.

Peterle war ein armes Tier, es hatte kein richtiges Zuhause bei uns, musste die Nächte im Freien verbringen und wurde von meinem Vater getreten, falls es zufällig dessen Weg kreuzte. Der Kater hatte also genauso viel Angst wie wir, doch hatte er den großen Vorteil, dass er sich aus dem Staub machen konnte, sobald er die herrischen Schritte dieses überheblichen Mannes hörte.

Mein Vater hat in seinen letzten Lebensjahren schwer gelitten; er hatte Diabetes, verlor durch die Krankheit ein Bein, dann bekam er Magenkrebs, und als die Schmerzen unerträglich wurden, setzte er seinem Leben selbst ein Ende.

Ich habe seitdem oft versucht, diesen Mann zu verstehen und ihm zu verzeihen, und es ist mir teilweise auch gelungen. Wenn ich jedoch daran denke, wie er die unschuldige Kreatur verachtete, dann empöre ich mich noch heute, nach so vielen Jahren über die Brutalität und Arroganz des Menschen, der mein Vater war.

Aber ich wollte noch auf etwas ganz anderes hinaus: Peterle war ein nicht kastrierter Kater, der sich oft mehrere Tage hintereinander nicht sehen ließ und dann nicht selten mit Verletzungen nach Hause kam. Erschien er plötzlich, so holte ich ihm aus dem Kühlschrank eine Portion Gehacktes, das immer vorrätig war und das er meistens gierig aß. Aber er spuckte es auch oft wieder aus, sei es, weil es zu kalt war, sei es, weil er es zu hastig verschlungen hatte und der Magen die Aufnahme deswegen verweigerte. Wir wussten damals nichts über Katzen, auch das genaue Alter von Peterle war uns nicht bekannt. Unser Leben war ja nicht beneidenswert, wie sollten wir uns da über Gebühr für die Bedürfnisse einer Katze interessieren und sie verwöhnen. Aber Peterle bekam seine Streicheleinheiten, wann immer er sich zeigte und auf meinen Schoß sprang.

Ich erwähnte, dass der Kater die Nächte draußen verbringen musste; er durfte also weder in der Gaststube bleiben noch mit der Familie in die Wohnung im ersten Stock gehen. Meine Eltern bestimmten das, und ich wäre gar nicht auf die Idee gekommen, ihnen zu widersprechen. Es kam aber vor, dass Peterle nach Schließung der Gastwirtschaft dort verblieben war, weil die Eltern seine Anwesenheit nicht bemerkt hatten. Da es keine Katzentoilette gab, hatte das Tier seine Notdurft auf dem Boden verrichtet, und es war jedesmal flüssiger Kot. Aber Peterle tat das ein paar wenige Male auch, ohne eingesperrt zu sein. Meine Mutter war dann sehr wütend und drückte die Nase des Tieres in seine Fäkalien, denn sie hatte gehört, dass das zu tun sei, um Wiederholungen zu vermeiden. Ich glaubte damals tatsächlich, dass der Kot von Katzen flüssig sei, und wusste nicht, dass Peterle eine chronische Diarrhae hatte und wahrscheinlich bereits todkrank war. – Heute glaube ich zu wissen, das das Tier uns mit seinem Verhalten zeigen wollte, dass es krank war und um Hilfe bat, aber wir konnten dieses Zeichen nicht deuten und unterstellten dem Tier außerdem noch böse Absichten.

Als Carmen und Martina bei mir waren, dachte ich oft mit Traurigkeit an dieses arme Tier, das wahrscheinlich große Schmerzen hatte und dem mein Bruder, der ja Metzger war, im Karlruher Schlachthof den ‚Gnadenstoß' gab. Vielleicht ist Peterle die einzige Katze auf der Welt, die wie ein Schlachttier zu Tode kam. Die Tragik der Schlachthöfe musste sie allerdings nicht kennenlernen, war ihr Tod ja eine Erlösung. Ich erwähnte, dass Carmen während ihrer letzten Lebensmonate ein Verhalten ähnlich dem von Peterle zeigte. Der Tierarzt hatte Leukämie diagnostiziert, sie bekam ihre tägliche Dosis Kortison und Diätfutter, womit wir die Symptome der Krankheit, unter anderem Durchfall, mehr oder weniger im Griff hatten. Aber Carmen war nicht davon abzubringen, einen der Teppiche im Wohnzimmer zu ihrer Toilette zu bestimmen. Der Tierarzt suchte wie ich eine Erklärung und meinte, dass sie sich vielleicht an Schmerzen beim Entleeren in der Katzentoilette erinnere und deshalb immer wieder auf den Teppich ging. Oder war es doch auch eine Nachricht, ein Hilferuf wie bei Peterle? Carmens Verhalten bleibt ein Rätsel; sie war im Gegensatz zu Peterle ein umhegtes Tier, das neben seiner Spezialdiät entsprechende Medizin bekam, und dem es an Zuneigung und liebevoller Aufmerksamkeit keineswegs mangelte.

▶ Miezilein

Mein Freund John aus Kalifornien, auch er ein großer Freund der Katzen, was sich schon bei seinem Umgang mit Carmen und Martina zeigte, erzählte mir von der Katze seiner Kindertage in Los Angeles, die er sich bei Freunden der Familie, die eine Hühnerfarm betrieben, aussuchen und mit nach Hause nehmen durfte und die er Miezilein nannte. Eine Besonderheit im Verhalten dieses Tieres war, dass es abends auf dem Dach des Bungalows der Familie wartete, bis die Mutter spät am Abend von der Arbeit nach Hause kam. Da dann die Nacht schon eingebrochen war, auch im Sommer – in Kalifornien gibt es nicht die langen hellen Nächte wie auf der Nordhalbkugel – waren die Katzenaugen schon aus einiger Entfernung zu erkennen und leuchteten der Mutter im wahrsten Sinne des Wortes heim. Auch dieses Beispiel ist geeignet, der weitverbreiteten Meinung, Katzen seien egoistisch und gleichgültig, zu widersprechen.

Dieses liebe Tier, das sich anhänglich, treu und menschenfreundlich zeigte, hätte Respekt und Zuneigung verdient, was ihm von John und seinen Eltern auch ganz selbstverständlich zuteil wurde. Allerdings wurde das arme Tier nur ca. sechs Jahre alt, so erzählte mir John; es starb mit hoher Wahrscheinlichkeit an den Folgen von Misshandlungen, und die Familie vermutete die Bösewichte in den Nachbarsjungen.

▶ Dewey, die Bibliothekskatze

Die Amerikaner Vicky Myron und Bret Witter schrieben das Buch «Dewey – The Small-Town Library Cat Who Touched the World».

Erzählt wird die Geschichte einer Katze, die an einem bitterkalten Januarmorgen in der Buchrückgabebox der Bibliothek von

Spencer, einer Kleinstadt in Iowa gefunden wird und fortan in der Bibliothek leben darf. Vicky, die Direktorin der Bibliothek beschreibt den Kater folgendermassen: *„Dewey war diskret, geduldig und sehr aufgeschlossen. Eine Bibliotheks-Katze muss Menschen mögen, das ist unverzichtbar, und wenn sie dabei noch attraktiv ist und eine außergewöhnlice Geschichte hat, hilft das sehr."* An anderer Stelle schreibt sie: *„Dewey hatte Charakter: Er war liebenswürdig, aber aufrichtig, begeisterungsfähig, hatte Ausstrahlung und war doch bescheiden. Das Tier war zu allen freundlich, sodass jeder einzelne Besucher seine Beziehung zu Dewey als einzigartig empfand, denn er gab jedem Menschen das Gefühl, speziell zu sein. Er machte so aus der Bibliothek einen besseren Platz für alle, und in seiner leisen, bescheidenen Art war er Überbringer einer Botschaft. Dass er stark war und Charakter hatte, bewies er schon als kleine Katze während der langen kalten Nacht im Bücherkasten, in der er nicht aufgegeben hatte. Und jetzt widmete er sich mit Hingabe der Bibliothek, die sein Heim geworden war. Ohne Heldentaten zu verbringen, war Dewey doch ein Held des Alltags, denn seine Zeit war damit ausgefüllt, Leben zu verbessern in der Kleinstadt Spencer in Iowa. Er ließ keinen Schoß aus, und wenn jemand unzugänglich war, stimmte er diesen in kürzester Zeit um und gewann so täglich neue Freunde. Dewey nahm Einfluss auf das Verhalten der Kinder: sie lernten, dass er wegging, wenn sie zu laut, sprunghaft und undiszipliniert waren. Also taten sie alles, damit das Tier blieb, und nach einigen Monaten verhielten sie sich so leise, dass man kaum glauben konnte, es mit derselben Gruppe von Kindern zu tun zu haben."*

Der Direktor für Öffentlichkeitsarbeit der Bibliothek meinte, dass Dewey ganz offensichtlich spürte, was das Beste für die Bibliothek war und sich entsprechend verhielt. Inzwischen war der Kater über die Grenzen der Kleinstadt und des Staates Iowa hinaus bekannt, und es reisten Presseteams an, um Dewey zu fotografieren und seine Geschichte weiter zu verbreiten. Das Personal der Bibliothek, im Besonderen die Direktorin, war vor diesen Besuchen jedes Mal sehr besorgt, denn sie wünschten, dass Dewey den bestmöglichen Eindruck machte. Die Sorge war jedoch unbegründet, denn der Kater verhielt sich mustergültig und posierte wie ein wohlerzogenes Kind. Einmal reiste eine Familie aus Texas an, ein Elternpaar mit einer sechsjährigen Tochter. Das Kind litt an einer Krankheit, einem Trauma, so wurde vermutet, und Vicky war klar, dass der Besuch etwas Besonderes für das Mädchen war. Die Eltern hatten die weite Reise auf sich genommen, um ihrem Kind den Wunsch, Dewey zu treffen, zu erfüllen. Es hatte der Katze ein Geschenk mitgebracht, eine Spielzeug-Maus, die – wie Vicky mit Schrecken festgestellt hatte – keine Katzenminze enthielt. Also war zu befürchten, dass Dewey das Spielzeug ignorieren würde – und das wäre in den Augen der Direktorin eine kleine Katastrophe für die Bibliothek gewesen. Als sie das Tier holte, versuchte sie es mit ein bisschen Telephathie: „Bitte, Dewey, dieser Besuch ist wichtig." Der Vater nahm seine Tochter und die Katze auf seinen Schoß, und Dewey schmiegte sich sofort an das Mädchen an; als dieses das Geschenk in die Luft warf, stürzte sich Dewey auf die Maus, die wohlgemerkt keine Katzenminze enthielt, schleuderte sie in die Luft und bearbeitete sie mit den Pfoten. Das Mädchen jauchzte vor Vergnügen. Dewey spielte danach nie mehr mit der Maus, aber so lange das Kind da war, verwendete er seine ganze Energie auf das Spielzeug. Das kleine Mädchen strahlte; es hatte mit seinen Eltern ein paar hundert Meilen zurückgelegt, um diese Katze zu sehen, und es war nicht enttäuscht worden. Dann gab es Yvonne, die zwei- bis dreimal pro Woche in die Bibliothek kam, und auf deren Schoß Dewey jedesmal eine Viertelstunde sitzen blieb. Danach bettelte er, bis sie die Tür der Toiletten öffnete, einen Wasserhahn aufdrehte, worauf er mit dem Wasser spielte. Genau so lief es jedesmal ab, es war ihr

gemeinsames Ritual. Als Yvonne eines Tages ihre eigene Katze einschläfern lassen musste, verbrachte Dewey mehr als zwei Stunden
mit ihr. Er konnte nicht wissen, was passiert war, und doch muss er
gespürt haben, dass etwas nicht in Ordnung war. Dann sollte ein
Obdachloser einer von Deweys besten Freunden werden. Dieser erschien jeden Tag in der Bibiothek, unrasiert, ungekämmt und unge-
waschen. Er sprach nie mit jemandem ein Wort, und er beachtete
auch keinen. Er suchte nur Kontakt zu Dewey, den er um Hals und
Schulter drapierte, wo dieser die nächsten zwanzig Minuten
schnurrend verbrachte, während denen der Mann sich wohl seiner
geheimen Bürden entledigte. Als Dewey bereits 15 Jahre alt war,
erwähnte ein japanisches Magazin die Bibliothekskatze aus
Spencer/Iowa. Doch damit nicht genug: ein paar Monate später er-
schienen sechs Leute aus Tokio, um die berühmte Katze zu filmen.
Wieder einmal verhielt sich Dewey vorbildlich. Auch in Radiosen-
dungen in Kanada und Neuseeland war von ihm die Rede, Zeitun-
gen und Zeitschriften in Dutzenden von Ländern berichteten über
ihn, und sein Foto ging um die halbe Welt. Als er drei Jahre später
starb, wurde sein Tod in den Medien in Japan erwähnt, und Vicky
Myron, die Direktorin, erhielt neben ca. 600 E-Mails einen beacht-
lichen Stapel von Karten und Briefen."

So wie Dewey eine ‚wohltätige' Katze in der Wirklichkeit war,
gibt es bekanntlich eine solche im Märchen: «Der gestiefelte
Kater», eine der Lieblingsgeschichten meiner Kindheit, mit der
Charles Perrault der Spezies ein Denkmal gesetzt hat. Dieser wunderbare und wundersame Kater – der ja sprechen kann und sich
des aufrechten Ganges bedient – erreicht es mit Schläue und List,
seinem armen Herrchen Ansehen, Rang, Geld und die Hand einer
schönen Prinzessin zu verschaffen. Perrault stellt in dem Märchen,
das in viele Sprachen übersetzt wurde, wohlgemerkt eine Katze als
Wohltäter und Freund des Menschen dar. Noch als Teenager war

ich begeistert von der Geschichte und verkleidete mich sogar einmal als gestiefelter Kater zum Karneval – mit Stulpenstiefeln und Federnhut.

Zum Schluss dieses Kapitels seien noch zwei prominente Katzen erwähnt: Simon, britische Schiffskatze auf dem Schlachtschiff „Amethyst" ihrer Majestät, die posthum mit dem „Animal VC.", dem Victoria Cross als höchster Tapferkeitsmedaille ausgezeichnet wurde. Das Tier hatte trotz zahlreicher Verletzungen, unter anderem Verbrennungen, die Lebensmittelvorräte des Schiffs gegen fressgierige Ratten verteidigt. 50 Jahre später, in friedlicheren Zeiten, wurde die Medaille für 23.000 Pfund in London versteigert.

„First Cat Socks" war wohl der erste Online-Kater, also ein fortschrittliches, virtuell zugängliches und elektronisch aufbereitetes Präsidialhaustier. Man richtete ihm eine eigene Website ein, über die er virtuell mit Tausenden von Kindern eng befreundet war. Hilary Clinton nahm ihn regelmäßig ins National Children's Hospital in Washington mit, wo er die kleinen Patienten aufheiterte. Es ist medizinisch fundiert, dass Tiere nicht nur bei kranken Kindern wahre Wunder wirken können.

Der Katzenhimmel öffnet sich

*„Wir können der Sonne nicht ins Angesicht schauen, und so verhält
es sich auch mit dem Tod. Da die Katze hingegen die Sonne ohne
Augenzwinkern fixieren kann, so ist ihr das vielleicht auch mit dem
Tod möglich."*
(La Rochefoucauld)

*„Vor drei Tagen verlor ich mein „goed", meine Freude, meine
Liebe... Es bricht mir das Herz, wenn ich über sie spreche oder
schreibe, meine liebe, kleine graue Katze Belaude. Belaud,
der Schrecken aller Ratten, Belaud, die so schön ist,
dass sie unsterblich sein müsste."*
Joachim du Bellay (1533-1592), in tiefer Trauer; ein bisschen
unsterblich machte sie der Dichter dann auch durch seine Verse.

(Beide Zitate sind frei übersetzt.)

Ich ließ mich am Anfang dieses Buches voll Bewunderung darüber
aus, wie pflegeleicht und unkompliziert die Katzenbabies waren,
wie schnell sie lernten und wie bald sie erwachsene Tiere waren.
Und genauso schnell und reibungslos verlief auch das Abschied-
nehmen. Bei beiden Tieren war es ein kurzer diskreter Abschied,
den ich würdevoll nennen möchte, und meine Bewunderung für
diesen ‚Abgang' war nicht weniger groß als die für ihr Wachsen und
Werden.

Zum Tod von Martina: Siegfried und ich verreisten mehrere
Male für ein, zwei oder drei Wochen, und während dieser Zeit wur-

den Martina und Carmen von einer Freundin oder Nachbarin versorgt. Da wir die beiden also in guten Händen wussten, hatten wir kein Schuldbewusstsein, und die Katzen schienen uns unsere Abwesenheit auch nicht übelzunehmen. Ich hatte jedoch gehört, dass viele Katzen bei der Rückkehr von Herrchen und Frauchen schmollten, was wir glücklicherweise nicht feststellen konnten. Anders war es, als ich im Januar 2006 nach einem fünfwöchigen Aufenthalt in Kalifornien nach Brüssel zurückkehrte und dann eine Veränderung in Martinas Verhalten feststellte. Zwar schien sie nicht beleidigt zu sein, aber ihr Miauen war so eindringlich und fordernd geworden, als wolle sie mir sagen, *verlass' uns bitte nicht wieder*. Martina war krank, was ich aber leider nicht sofort erkannte. Zwar war mir aufgefallen, dass sie weniger aß als vor meiner Reise, aber ich führte das auf ihren ‚Kummer', den ihr meine Abwesenheit wohl bereitet haben musste, zurück. Martina war die sensiblere der beiden Katzen, und die Abwesenheit ihres Frauchens hatte den Fortgang der Krankheit, die in ihr stecken musste, ganz offensichtlich beschleunigt, so sah ich es jedenfalls.

Martina hörte an einem Samstag auf zu essen. Auch das Morgenritual war ausgefallen, das darin bestand, dass sie auf der Bettdecke über meinen Körper hinspazierte, als wolle sie ihr Eigentum vermessen. Dabei miaute sie, verlangte ihre Streicheleinheiten und forderte mich zum Aufstehen auf. An jenem Tag war das anders. Ich stand auf, aber Martina blieb liegen, und als ich schon gefrühstückt hatte, kam sie in die Küche nach. Es war ein erbarmungswürdiger Anblick: Sie legte sich neben ihrem Näpfchen nieder, ohne jedoch zu essen und trank lediglich ein wenig Wasser. Da sie sich außerdem nur mühsam fortbewegte, war mir klar, dass mit ihrem Zustand nicht zu spassen war. Und jetzt erst erklärte ich mir auch das veränderte, eindringliche Miauen, mit dem sie mir ganz offensichtlich mitteilen wollte, dass sie krank war. Und doch hoffte ich, dass ihr Zustand vorübergehender Natur war, indem sie etwa an einer Leber- oder Nierenkolik litt.

Als ich am selben Abend schlafen ging, legte ich sie aufs Bett, und sie verbrachte dort mit ihrer Schwester die Nacht. Da diese ruhig verlief, nahm ich an, dass Martina nicht litt, und ich hoffte, dass eine erholsame Nachtruhe dem Tier Linderung gebracht hatte. Aber nachdem sie am Morgen wieder nicht aufstand und sich erst später in die Küche schleppte und sich, wie am Vortag, neben ihrem gefüllten Näpfchen niederlegte, ohne zu essen und zu trinken, sank meine Hoffnung. Den Sonntag verbrachte sie dann lethargisch im Sessel und die darauffolgende Nacht wieder auf dem Bett. Ich hörte meine Katze kein einziges Mal klagen, ja sie war regelrecht verstummt, kein noch so leises Miauen war zu vernehmen. Endlich war es Montagmorgen, der Tag, an dem ich Martina endlich dem Tierarzt präsentieren konnte.

Die Konsultationen begannen am Nachmittag, und ich hatte an diesem Tag meinen monatlichen Blumendeko-Kursus. Das Thema war ein mit Moos, Blättern, Beeren und Samen reich verzierter Kranz(!) – Martinas Todeskranz! Der Tierarzt diagnostizierte ein schweres Leberleiden und empfahl dringend die tödliche Spritze, um dem Tier weitere Schmerzen zu ersparen. Ich musste erfahren, dass der Tod eines solchen Tieres schrecklich ist. Nicht nur ein Mensch, auch ein Tier, das unsere Nähe sucht, sich anschmiegt und zu dem man eine tiefe Beziehung entwickelt hat, hinterlässt eine große Leere. Die gegenseitige Zuneigung hatte in den zehn Jahren unseres Zusammenseins stetig zugenommen. Ich schätzte die Sanftheit und die stille Anwesenheit der beiden Katzen, und trauerte um das wunderbare Tier, das nun nicht mehr war. Martinas Ende ging mir umso näher, da ich mir den Vorwurf machte, ihr nicht genügend Aufmerksamkeit geschenkt zu haben, die ja die kränkelnde Carmen hauptsächlich in Anspruch nahm.

Ich nahm die tote Martina mit nach Hause, um sie im Garten-grundstück hinter dem Haus zu begraben, wollte aber auch Carmen die Möglichkeit bieten, von der Schwester Abschied zu nehmen (ich setzte wieder einmal menschliche Maßstäbe an). Aber die Reaktion Carmens verwunderte mich: Gegen meine Erwartung beschnupperte sie den leblosen Körper nicht einmal, so als ob er gar nicht existierte, und in Wirklichkeit gab es die Schwester ja auch nicht mehr. Zwar enttäuschte mich Carmens Desinteresse zunächst, aber dann musste ich einsehen, dass das Verhalten des Tieres ein Beweis großer Subtilität war: Denn ganz offensichtlich war für Carmen ein Körper ohne Leben – (ohne Geist und Seele?) gleich-bedeutend mit physischer Abwesenheit.

Hierzu fällt mir eine Episode ein, die sich vor ein paar Jahren im Haushalt meiner Friseuse Suzanne, große Freundin der Feliden und Halterin einiger der Spezies, zugetragen hatte: Ihre Katze Gribouille war verstorben, und kurz darauf zeigte eine andere ihrer Katzen ein ungewöhnliches Verhalten, indem sie sich ständig kratzte und sich dabei leicht verwundete. Das ist eindeutig die Trauer um den vermissten Kameraden, da war sich Suzanne ganz sicher. Leider war das eine romantische Wunschvorstellung, denn der Tierarzt stellte lakonisch fest, dass das Tier lediglich Flöhe habe. Die Desillusion war groß und so war das Gelächter.

Auch bei Carmen ging alles ganz schnell. Am Tag war noch nichts Ungewöhnliches zu bemerken, aber als sie dann in der Nacht nicht aufs Bett sprang, sondern sich darunter verkroch, wurde ich miss-trauisch. Drei- bis viermal während der Nacht schrie sie auf – ganz ohne Zweifel hatte sie große Schmerzen –; ich sprach auf sie ein und hoffte, dass sie auf mich zukäme. Sie blieb jedoch die ganze Nacht unterm Bett liegen, sodass ich nichts für sie tun konnte. Erst am nächsten Morgen gelang es mir, sie zu greifen und sie in ihr Körb-chen zu legen. Ich massierte ihr den Bauch, und da sie dabei schnurrte, nahm ich an, dass ihr das gut tat und ihre Schmerzen linderte. Leider kamen die Koliken wieder, und ich zweifelte so langsam an meiner Erklärung, dass lediglich ein verhärteter Haarball, den sie nicht ausspucken konnte, Ursache ihrer Schmerzen war.

Beim Tierarzt angekommen, wurde Carmen von derselben jungen Assistentin untersucht, die vier Monate zuvor Martina eingeschläfert hatte. Ich deutete das nicht als gutes Omen, und ihre Worte waren dann auch alles andere als optimistisch „es sieht gar nicht gut aus", sagte sie, genauso wie bei Martina. Sie fügte hinzu, dass das Tier eine kranke Leber habe und ihm nicht mehr geholfen werden könne – auch das dieselbe Diagnose wie bei Martina. Die junge Ärztin führte ganz alleine die Praxis, da ihr Chef in Urlaub war. Sie konnte also nicht, wie bei Martina, ihre Diagnose bestätigen lassen. Sie schien sich jedoch ihres Urteils sicher zu sein und empfahl mir, dem Tier weiteres Leiden zu ersparen.

Ich konnte nicht umhin, in der jungen Frau einen Todesengel zu sehen, sagte ihr das auch, jedoch reagierte sie nicht auf die – vielleicht nicht ganz faire – Bemerkung. Carmen hatte ja während einiger Jahre gekränkelt; sie erbrach oft und hatte Durchfall. Ich verabreichte ihr das vom Tierarzt damals verordnete Kortison, das die Symptome linderte. Und dann wurde das Tier unsauber, beschmutzte Fußboden und Teppiche; es war ernsthaft krank. Ich sah mich gezwungen, jedes Mal wenn ich das Haus verließ, die Tür zu Wohnzimmer und anderen Räumen zu verschließen, und ihren Aufenthalt auf die Küche und eine Art technischen Nebenraum zu beschränken, wo es keine Teppiche gab und der Schaden in Grenzen gehalten werden konnte. Ich ertrug diesen Zustand ca. zwei Jahre, während denen John mich immer wieder davon zu überzeugen suchte, Carmen einschläfern zu lassen. Wahrscheinlich hatte er Recht, aber ich konnte es nicht tun, da ich bei Carmen trotz dieser Krankheitssymptome so viele Zeichen von Lebensfreude sah.

Die seit Jahren kränkelnde Carmen hat also ihre robustere Schwester um vier Monate überlebt. Das Brüderchen Picasso bei Bruder und Schwägerin in Ettlingenweier wurde fast fünf Jahre älter, während das dritte Schwesterchen, das bei einer Familie in der Nähe von Karlsruhe Aufnahme fand, ja leider schon als junges Tier von einem Auto überfahren wurde.

Nachdem also beide Katzen kurz hintereinander im Alter von nur zehn Jahren schwer erkrankt waren und eingeschläfert werden mussten, fragte ich mich, ob Lebensweise und früher Tod nicht ursächlich zusammenhängen könnten. Die Tierärztin sah aber einen Zusammenhang eher darin, dass die Katzen zu früh von der Mutter getrennt worden waren, woraus nicht selten eine Immunschwäche resultiere. Diese Erklärung erleichterte mein Gewissen, zumal ich Katzen kannte, die mehr als zwanzig Jahre alt wurden, obwohl auch sie mit ihren Haltern in einer Etagenwohnung lebten. Picasso hingegen erreichte fast 15 Lebensjahre, auch er wie seine Schwestern viel zu früh von der Mutter getrennt. Allerdings lebte der Kater in einem Haus auf dem Lande, hatte somit Auslauf in der freien Natur und daneben ein beschütztes Leben bei wohlwollenden Menschen.

Wenige Tage, nachdem ich an diesem Buch zu schreiben begonnen hatte, träumte ich, dass Carmen mich in der Nacht besuchen kam. Ich spürte den sanften Druck der Pfötchen auf der Bettdecke, und die Visitation des verstorbenen Tieres, über die ich mich sehr freute, schien mir selbstverstverständlich zu sein; ich erschrak in meinem Traum also nicht im Geringsten über diesen Besuch aus dem Jenseits und fragte Carmen, wie es ihr im Katzenhimmel gefalle. Es befremdete mich auch nicht, dass sie sprechen konnte, denn sie antwortete auf meine Frage und sagte, dass es ihr dort sehr gut gehe. Ich freute mich über diese Nachricht, und dann war der Traum auch schon zu Ende. Als eigenartig empfand ich am nächsten Morgen dass ich mir während des Traumes ganz deutlich eingeredet hatte, dass das kein Traum, sondern die Wirklichkeit war.

Siegfried und ich trennten uns nach zweiundzwanzigjährigem Zusammensein; die Katzen waren zu jenem Zeitpunkt 4 Jahre alt. Er mietete eine Wohnung, die nur fünf Gehminuten von der meinen entfernt lag, und wir blieben in Kontakt – auch wegen der Katzen. Es war wie bei Scheidungswaisen, und wir teilten uns das Sorgerecht. Wenn einer von uns beiden verreisen wollte, war es selbstverständlich, dass sich die Tiere beim jeweils anderen aufhielten, was ganz gut ging. Siegfrieds Liebe zu den Katzen war größer denn je, und als ich sie wieder einmal zu ihm brachte, sagte er, bei mir dürfen die Katzen alles machen. Ich musste lachen und wurde an das Versenken seines Schiffes erinnert. Dann erkrankte Siegfried an Krebs, wurde nach neuesten Techniken operiert, und wir hatten allen Grund, ihn für geheilt zu halten. Er erlitt jedoch einen Rückschlag, und er gewann den Kampf mit der Krankheit trotz großem Lebenswillen und bewundernswerter Tapferkeit letztendlich nicht. Ich trauerte um einen langjährigen treuen Lebensgefährten, aber auch um einen späten großen Katzenfreund.

Kratzer auf der Hand, Haare am Gewand –

Die Katze und ihr Mensch: eine ideale Symbiose

„Die Katze und ich
Ich sitze da
und möchte mich besinnen,
der Stille guten Tag
und
den vielen Hin- und Hergedanken
lebt wohl sagen
und die Ruhe in mir aufsteigen lassen
wie klare Morgenluft.

Da kommt die Katze
und sieht mich sitzen
mit gekreuzten Beinen ...
setzt sich neben mich,
kreuzt die Pfoten übereinander
und schnurrt.

Manchmal geht ihr etwas durch den Kopf.
Das sieht man an ihrer Schwanzspitze.
Sie atmet ruhig und tief,
das sieht man an ihrem Bauch.
Sie ist hellwach,
kriegt alles mit.
Aber nichts kann sie rühren.
Sie ist einfach nur da
und sonst nichts.
So sitzen wir nebeneinander.
Ich meditiere,
sie medi – tiert."
(Frederik Vahle)

„Gott hat die Katze geschaffen, damit der Mensch einen Tiger
streicheln kann."
(Victor Hugo; frei übersetzt)

„Alles in allem stellt der Mensch die größte Eroberung
der Katze dar."
(Lichtenberger)

„Das Leben und dazu eine Katze:
Das gibt eine unglaubliche Summe,
ich schwör's euch."
(Rainer Maria Rilke)

„Im Umgang mit Katzen kann man sich nur bereichern."
(Colette; frei übersetzt)

„Aber unter ihrem Fell, welcher Farbe es auch sein mag,
wohnt immer und unveränderlich eine der
unabhängigsten Seelen überhaupt."
(Autor unbekannt)

*„Die Freundschaft einer Katze zu erobern ist nicht einfach;
sie ist ein Philosoph, ordentlich, ruhig, ihre Gewohnheiten,
Ordnung und Sauberkeit liebend, die ihre Zuneigung nicht
unbesonnen vergibt.*

*Erachtet sie dich ihrer würdig,
wird sie dein Freund sein,
aber niemals dein Sklave."*
(Autor unbekannt)

*„Es gibt keinen einzigen Charakterzug der Katze,
den nachzuahmen dem Menschen nicht von Vorteil wäre."*
(Carl van Vechten)

*„Wenn man einen Menschen mit einer Katze kreuzen könnte, würde
sich der Mensch verbessern und die Katze verschlechtern."*
(Mark Twain)

*„Der Mensch ist in der Lage,
sich seinem schlimmsten Feind anzuvertrauen;
eine Katze würde das niemals tun.
Und trotzdem beansprucht der Mensch für sich,
ein höheres Tier zu sein."*
(Charles Régismanset)

Der Sänger Georges Brassens erklärte:
„Ich liebe meine drei Katzen, und ich respektiere sie in einem Maße,
dass ich ihnen nicht einmal Namen gegeben habe. Ich kann sie also
nicht rufen, und sie kommen nur, wenn sie Lust dazu haben;
ansonsten sind sie frei."

(Letztere drei Zitate sind freie Übersetzungen.)

Die Beziehung Mensch-Katze wird unter anderem durch einen Grabfund in Zypern aus dem siebten vorchristlichen Jahrhundert belegt, wo man zusammen die Überreste beider Wesen fand.

Seit mehr als 5.000 Jahren domestiziert, braucht die Katze den homo sapiens zwecks Lebenserleichterung. Und dabei ist sie erkennbar gern mit dem Menschen zusammen; sie sucht ständig unsere Nähe, erklimmt alle Tischplatten, an denen wir irgendeiner Tätigkeit nachgehen. Neuere Studien ergaben, dass die felis weit menschenbezogener ist, als lange angenommen wurde. Es scheint also festzustehen, dass Katzen eine einigermaßen treue menschliche Präsenz nötig haben. Davor billigte man eine solche Beziehungsfähigkeit nur dem Hund zu, der Katze unterstellte man Standort-, keine Menschengebundenheit. Katzen tragen zur sanften Entspannung bei, was ein Extra-Pluspunkt, nicht nur für nervöse Zeitgenossen bedeutet; die bloße Anwesenheit des Tieres baue beim Menschen Stress ab, so eine weitere Studie. Und so poetisch drückte es eine Autorin (deren Name mir leider nicht mehr präsent ist) aus: *„Wenn sie gefrühstückt und sich geputzt hat und dann zwinkernd in der Sonne sitzt und mich mit liebevoller Verachtung mustert, dann fühle ich mich durch ihre grenzenlose Lebensfreude besänftigt."* In einem Artikel, überschrieben «The Power of Touch» (etwa: „Die Macht der Berührung") schrieb der Autor (auch dessen Namen kann ich leider nicht wiederfinden), dass nur zehn Minuten Spiel mit Hund oder Katze den Blutdruck senken könnte und die Gefahr, einen Herzinfarkt zu erleiden, wesentlich verringere. Derselbe Autor rät Menschen ohne Haustier, sich im nächsten Tierheim zu erkundigen, ob man nicht Freiwillige suche, die Hunde ausführen möchten. Man baue Stress ab und bekomme außerdem noch ein bisschen körperliche Übung.

Eine interessante Analyse der Beziehung Mensch-Katze stammt von der Autorin Renate Just *„Die Liebe zu den leisen, weichen Tieren, die Fürsorglichkeit, die sich an ihnen austobt, ist oft ein ‚spätes‘ Gefühl im Leben und aus einer ‚post‘-Gemütslage heraus zu verstehen, nach den emotionalen Gewittern, nach den Glückshoffnungen, nach den Illusionen, nach den Enttäuschungen, nach dem Karussell der Seelennöte, die Menschen einander zufügen. Und da die Beziehung von Einfachheit, Aufrichtigkeit, Direktheit geprägt ist und die üblichen Gefühlskomplikationen wegfallen, fühle ich mich einfach wohl, im Einklang mit mir selber, an der Seite meiner Katze.“*

Wir alle kennen Zeitgenossen, die ihrem Tier einen überdimensionierten Platz einräumen, oft partner- oder kinderlose Menschen, deren Bedürfnis zu beschützen und zu geben, nicht auf einer anderen Ebene zu seinem Recht kommt. Katze oder Hund übermäßig zu verwöhnen ist also eine Möglichkeit, sein Übermaß an Zuneigung zu verschenken. Aber selbst bei Menschen, die ein ‚normales‘ Sozialleben haben, gibt es das Bedürfnis, Druck abzulassen, und da kann es helfen, wenn man dem Vierbeiner ausgiebig den Bauch grault. Auch George Eliotts Aussage passt an dieser Stelle: *„Tiere sind sehr gute Freunde: Sie stellen keine Fragen, und sie kritisieren nicht.“*

Das Tier spielt in der Anonymität der Städte eine soziale Rolle, indem es den Kontakt mit Fremden erleichtert: Unbekannte sprechen miteinander, um sich über Rasse, Charakter und Gewohnheiten des Tieres auszutauschen. Also sind Tiere geradezu Kommunikationskünstler, durch die Herrchen oder Frauchen der Einsamkeit entkommen oder nicht selten ein Dutzend Leute kennengelernt haben. Wie persönlich sind die Gespräche im Wartezimmer der Tierarztpraxis, wo Menschen, die sich zum ersten Mal sehen, wie alte Bekannte über die Leiden ihrer Tiere sprechen. Andererseits erleichtert die Anwesenheit eines Tieres den Ausdruck von Gefühlen, vor allem bei älteren Menschen, für die das Tier einen geduldigen Zuhörer ersetzen kann. Da uns diese wundervollen Mitgeschöpfe einfach menschlicher machen, ist es auch nicht verwunderlich, dass wir ihr Verhalten nach menschlichen Masstäben auslegen und ihnen unsere allzu komplexen Gefühle unterstellen. Aber dabei sollte man bedenken, dass ein Tier die Welt völlig anders wahrnimmt als wir: es hört Töne, die wir nicht hören, wir sehen Farben, die es nicht sieht, und das ist bei Weitem nicht alles.

An dieser Stelle möchte ich einige Passagen aus Anny Dupereys Buch «Die Katzen des Zufalls», („Les chats de hasard") zitieren, nicht alltägliche Aussagen, die mich tief beeindruckt haben. Schon die Begründung zum Schreiben des Buches, die sie nennt, halte ich für erwähnenswert: *„Ich hatte Lust darauf, ein sanftes Buch zu schreiben („un livre doux"), nicht wirklich über die Tiere, sondern über die Beziehungen, die wir mit einigen von ihnen haben. Warum schätzen wir so sehr ihre Zärtlichkeit und das ihnen ganz eigene Wesen? Außerdem hatte ich das Bedürfnis, diese seltenen Tierpersönlichkeiten zu würdigen, die uns auf einem Teil unseres Lebensweges begleiten, uns dabei mit Frieden und Einfachheit beschenken."* An einer Stelle schreibt sie über ihre Wegbegleiter: *„Sie wurden angenommen und geliebt; Glück macht schön. Angst tötet die Schönheit, Misstrauen führt zu Agression und Flucht – bei den Menschen ist es ebenso, glaube ich."* Selbst auf die Gefahr hin, dass sie einigen zu weit geht, möchte ich ihre Darstellungen und ‚Analysen' doch erwähnen:

„Menschen, die Katzen lieben, glauben oft in hohe Maße an Intuition. Der Instinkt hat Vorrang vor dem Verstand. Sie neigen zum Irrationalen, zum okkulten Glauben. Über allem steht für sie das Individuelle und Persönliche. Allgemeinen Tendenzen und Massenbewegungen stehen sie ebenso vorsichtig gegenüber wie ihr Tier unbekanntem Futter. Und auch wenn ihre Überzeugung sie zum Engagement drängt, so bleibt ein Teil ihre Wesens immer noch Beobachter, bereit zum Rückzug ins intime idealistische Territorium, immer am Rande stehend, wie ihre pelzigen Kameraden, bereit zum Rückzug in ein ungezähmtes Leben, ins Imaginäre. Katzenliebhaber sind oft Menschen, die leicht frieren und die ein großes Bedürfnis haben, getröstet zu werden, in allem. Sie geben vor, erwachsen zu sein und hoffen insgeheim, es nicht zu werden. Sie flüchten sich in die Kindheit, die Lider halb geschlossen, eine Katze auf dem Schoß."

Die nächste Passage wird mehr Zustimmung finden, ich jedenfalls finde sie sehr schön – und nachvollziehbar. *„Die Sanftheit und das Schweigen einer Katze. Ich kenne nichts, das man mit dem denkenden Schweigen einer Katze vergleichen könnte, und das der Atmosphäre eine ganz besondere Qualität verleiht. Macht man sich die Mühe, in Gleichklang mit ihr zu kommen, so wirkt dieses Schweigen ansteckend. Mit einer Katze schlafen: welch samtig-weiche Vertrautheit, sich anschmiegende Wärme, in sich zusammengerollt, wie wir es als Fötus im Mutterleib waren.".*

Auch der folgenden Textstelle stimme ich zu: *„Menschen, die Katzen nicht mögen, begründen das oft damit, dass sie diese hinterhältig und falsch fänden. Das hängt damit zusammen, dass Katzen die Flucht ergreifen, wenn sie Angst haben oder sich vor Menschen fürchten, die laut sind, die sie nicht kennen oder sie sie nicht mögen; eine Katze fühlt das. Dieses sensible Tier verlangt nach Sicherheit und Vertrauen, und wenn es sich vor harschen, lauten Zeitgenossen sicher fühlt, wird es sich problemlos zu einem menschenfreundlichen Tier entwickeln, das Besucher und Neuankömmliche höflich begrüßen* *wird, statt sich in einer Ecke zu verdrücken. Die Katze wird sich, ganz im Gegenteil, mitten im Wohnzimmer, auf dem Rücken liegend, die Pfoten in die Luft strecken und sich genüsslich hin und herwälzen. Katzen lieben es, wenn ihr Mensch sich ruhig verhält, nicht zu umtriebig und geschäftig ist. Es gefällt ihnen und weckt ihr Vertrauen, wenn wir uns lange am selben Platz aufhalten, und sie gesellen sich dann gerne zu uns."*

Anne Duperey führt weiter aus, dass es vielleicht nicht allein dieses physische Wohlbefinden sei, die das Verhalten der Katze motivierten, sondern dass bei Katzen, mit denen man eine enge Verbindung habe, diese auch auf geistiger Ebene bestehe, eine Gleichschaltung eben. Es ginge zu weit zu behaupten, so die Autorin, dass sie unsere Gedanken lesen könne, wohl aber nehme sie unsere Aktivität wahr und vor allem den Wechsel des Rhythmus. Für diese Verbindung spreche auch die Tatsache, dass die Katze unmittelbar wahrnehme, wenn man vom Schlaf in den Wachzustand übergehe, selbst wenn man sich nicht bewege, keinen Laut von sich gebe und nicht einmal die Augen öffnete. Katzen warteten geduldig und schweigend, dass man wach ist, bevor sie sich melden. Und sie wüssten genau, wann das ist. Anne Duperey behauptet, dass sie dafür nicht einmal im selben Zimmer sein müssten und man noch nicht mit der Wimper gezuckt haben müsste, ehe sie sich zur Stelle meldeten.

Auch meine beiden Katzen warteten allmorgendlich geduldig auf diesen Moment, aber dann ließen sie mir keine Ruhe mehr. Vielleicht war ja die Fähigkeit zu dieser geistigen Verbindung oder selbst Gleichschaltung für die alten Ägypter Grund, die Katze wie einen Gott zu verehren; für das rückschrittliche Mittelalter, das in den Katzen Teufelswerkzeug sah, hätte dieselbe Erkenntnis sicher dazu beigetragen, die ihr attestierten satanischen Kräfte noch zu untermauern.

Die Nobelpreisträgerin Doris Lessing ging in ihrer Liebe zu den Katzen noch einen Schritt weiter, indem sie, wie auch der Philosoph Lévi Strauss, es zutiefst bedauerte und als unerreichbares Ziel ihres Lebens die Tatsache bezeichnete, dass sich kein gemeinsames Idiom mit den Tieren finden lasse.

Niki Anderson ist der Meinung, dass, wenn es uns möglich wäre, mit den Tieren zu sprechen, es für eine Unterhaltung mit der Katze die längste Warteschlange gebe. Und Rob Kopäck meint weniger schmeichelhaft, dass, wenn Katzen sprechen könnten, sie dich anlügen würden.

Natürlich können sie sprechen, so wird von anderen behauptet, auf eine subtile Art jedoch, gleich einem Mimen im Theater. Katzen stehen andere Möglichkeiten zur Mitteilung einfacher ‚Botschaften‘ als unsere Menschensprache zur Verfügung. Sie beherrschen eine ganze Reihe verschiedener Töne, um mit ihren Artgenossen oder dem Menschen zu kommunizieren. Forscher sprechen von 16 verschiedenen Vokalisierungen, und bei siamesischen Katzen soll das Miauen besonders nuanciert sein. Ihre diversen Empfindungen und Aussagen sind also in ihrer Stimme enthalten:

Leises, sanftes Miauen: kümmere dich um mich!
Lauteres, forderndes Miauen: ich habe Hunger!
Verhaltenes Brummen: Du bis mir lästig! Tiefer Kehlenlaut: ich habe Angst! (war bei meinen Katzen zu vernehmen, wenn sie in den Transportkorb mussten, weil es zum Tierarzt ging).

Auch auch E.T.A. Hoffmanns «Kater Murr» hat die wunderbare Gabe, durch das einzige Wörtlein ‚Miau‘ Freude, Schmerz, Entzücken, Angst und Verzweifung, kurz alle Empfindungen und Leidenschaften in ihren mannigfaltigsten Abstufungen auszudrücken.

Neben dem Miauen verfügt die Felis über eine einzigartige Ausdrucksmöglichkeit, und das ist das Schnurren, mit dem sie uns in aller Regel ihr Wohlbefinden kundtut.

Die Körpersprache (oder ‚body language' für diejenigen, die dem Anglizismus den Vorzug geben) mit ihren eindeutigen Zeichen ist eine dritte Form des Ausdrucks: Der hocherhobene Schwanz signalisiert freundliche Stimmung; sind die Vorderpfoten unter der Brust eingeschlagen und die Hinterpfoten seitlich ausgestreckt, dann ist die Katze ganz entspannt und wähnt sich in Sicherheit. Krümmt sie den Rücken und plustert den Schwanz auf, so fürchtet sie sich vor einer Gefahr, oder sie ist mit einem Feind konfrontiert. Das Schwanzpeitschen bedeutet bei der Katze, anders als beim Hund, keine Freude, sondern Erregung; sie will in Ruhe gelassen werden.

Ob sie mit der ägyptischen Statuenhaltung, bei der sie sich wie die Sphinx mit parallel vorgestreckten Vorderpfoten präsentiert, auf ihre Stellung als Gottheit in Erinnerung rufen will, muss dahingestellt bleiben.

„In meinem Hirn, als wär's ihr eigner Raum,
Schleicht auf und nieder auf der weichen Tatze
Geschmeidig sanft die schöne, stolze Katze.
Und ihrer Stimme Tun vernimmt man kaum.
So zart und heimlich ist ihr leis' Miauen.
Und ob sie zärtlich, ob sie grollend rief,
Stets ist der Klang verhalten, reich und tief
Und Zauber weckend und geheimes Grauen.
Die Stimme, wie schwere Perlen sank
In meines Wesens dunkle Gründe nieder,
Erfüllt mich wie der Klang der alten Lieder,
Berauscht mich wie ein heißer Liebestrank.
Sie schläfert ein die grausamsten Verbrechen,
Verzückung ruht in ihr. Kein Wort tut not,
Doch alle Töne stehn ihr zu Gebot
Und alle Sprachen, die die Menschen sprechen.
Auf meiner Seele Saitenspiel ließ nie
Ein andrer Bogen so voll Glut und Leben
Die feinsten Saiten schwingen und erbeben,
Kein anderer so königlich wie sie,
Wie deine Stimme, rätselvolles Wesen,
Seltsame Katze, engelsgleiches Tier,
Denn alles, Welt und Himmel, ruht in ihr,
Voll Harmonie, holdselig und erlesen."
(Charles Baudelaire)

In bester Gesellschaft

Für Baudelaire stellten die Katzen ein Universum an Inspiration dar, und manchesmal spricht er von ihnen wie von einem Freund oder einem Vertrauten. Andererseits lobt er ihre Grazie und ihr Verführungspotential. Natürlich lebt der Poet in einer Zeit der literarischen Zirkel, in denen Katzen gefeiert und verehrt wurden.

„Ich habe einige Philosophen und Katzen studiert:
Die Weisheit der Letzteren ist unendlich höher einzuschätzen."
(Hyppolyte Taine)

„Respekt vor Katzen ist der Anfang jeglichen Sinnes für Ästhetik."
(Erasmus Darwin)

„Wie, der Mensch beklagt sich über sein Leben!
Hat er nicht Hände, um das Fell der Katzen zu streicheln!"
(Théophile Gautier)

(freie Übersetzungen)

Wohl kein anderes Tier löst so viel Faszination aus und gibt Anlass zu überschwänglichen Lobreden wie eben die Katze, die außerdem Künstler aller Gattungen inspirierte, unter denen viele sich Katzen hielten. Leonardo da Vinci, fürwahr eine Autorität auf dem Gebiet der Körperproportionen, nannte die Anatomie der Katze „ein Meisterstück der Natur", und Géricault, Courbet, Renoir und Manet sind nur einige der Maler, die das Tier auf ihrer Leinwand verewigten. Albrecht Dürer und Hieronymus Bosch gaben der Katze einen Platz im Paradies zu Füßen von Adam und Eva, und Veronese verewigt eine spielende Katze auf seinem Bild «Die Hochzeit zu Kanaa».

Da Katzen ja seit jeher durch die Literatur schleichen, fand ich auch die meisten Katzenfreunde unter den Schriftstellern und Dichtern. Eva Demski ernannte die Katze zum Tier der ‚grüblerischen Zunft', und Aldous Huxley empfahl sogar künftigen Kollegen, sich Katzen zu halten, sofern sie denn schreiben wollten. Was meinte er damit wohl? Glaubte er vielleicht, dass das Tier durch die Ruhe, die es ausstrahlt, dem Schreibenden zu großer Konzentration verhelfe, oder ihre alleinige Anwesenheit ein günstiges Klima für den kreativen Prozess des Künstlers schaffe? Ist es die gewisse mystische Aura, die sie umgibt und für die die sensible Dichterseele natürlich ganz besonders aufgeschlossen sein muss. Oder glaubte er womöglich an eine weitere Dimension, an gewisse okkulte oder telepatischen Fähigkeiten, die man der Katze ja bereits im Mittelalter nachsagte? Und für erwähnenswert halte ich in diesem Zusammenhang auch, was Prosper Mérimée, dessen «Carmen» in der Vertonung von Georges Bizet zum Welterfolg wurde, zum Thema Katze zu sagen hatte: *„Ich erkenne in diesen Tieren keinen anderen Fehler als eine außergewöhnliche Sensibilität."* Und ein weiterer Dichter, Pierre Loti, meinte: *„Katzen sind kleine Patrizierseelen, zwar argwöhnisch, aber denen alles Vulgäre fremd ist und die nur von einigen wenigen Eingeweihten verstanden werden können."*

Auf der Schulter von Henry James soll eine Katze gesessen habe, während er schrieb, und bei Sir Walter Scott hockte ein herrschsüchtiger Kater auf dem Schreibtisch, der die großen Hunde des Gutes in Angst und Schrecken versetzt haben soll. Und die amerikanische Essayistin Agnes Repplier, mit ihrer Katze Agrippina auf dem Schreibtisch, schrieb zum Thema Hund und Katz': Besser schön sein, als Sachen zu apportieren."

Kriminalisten in der Literatur besitzen häufig Katzen, und manchmal lösen Letztere die Fälle gleich selbst.

Theophile Gautier, französischer Dichter zeigt in seinem Werk «Intime Ménagerie» sein lebhaftes Interesse am Leben der Tiere. Er schreibt: *„Es ist nicht leicht, sich die Freundschaft einer Katze zu erwerben, weil diese ein pilosophisches, methodisches, ruhiges Tier ist, das zäh an seinen Gewohnheiten festhält, Ordnung und Sauberkeit liebt und seine Freundschaft nicht leichtfertig vergibt. Wenn man jedoch der Zuneigung einer Katze für würdig befunden wird, ist sie dein Freund, aber niemals dein Sklave. Sie behält ihren freien Willen, auch wenn sie dich liebt, und sie wird nichts für dich tun, was sie für unvernünftig hält. Aber wenn sie sich dir einmal hingibt, dann mit absolutem Vertrauen und treuer Zuneigung."* (freie Übersetzung)

Dante und Petrarca waren angeblich Katzenfreunde. Torquato Tasso schrieb im 16. Jahrhundert sein Gedicht. «Auf die Katzen im Irrenhaus Sankt Anna»: *„O mög Euch Gott behüten stets vor Hieben, mit Fleisch und Milch euch nähren, meine Lieben."*

Katzenliebhaber waren auch Schubert, Rossini, Moritz von Schwind, Lord Nelson, Abraham Lincoln. Erich Käster nannte einen seiner Kater „Sekretär". Peter Rühmkorf: *„Sie sehen einen an, als wären sie eigentlich ganz jemand anderes, und das nun nicht erbarmungswürdig und erlösungsbedürftig, sondern wie von weit her und von oben herab."* Elias Canetti spekulierte: *„...in jedem Tier, das einen länger anschaut, sitzt ein Mensch drin, der einen auslacht."*

Der deutsche Autor Werner Koch bestimmte in seinem Testament: *„Hiermit setze ich als Alleinerben meine Siamkatze ein,* *allerdings unter der Bedingung, dass sie einem dazugestoßenen schwarzen Katerchen auf Lebenszeit Kost und Logis gewährt. Sollte mein Haus wieder von Menschen besetzt werden, ordne ich an, dass diese von meinen Katzen auszusuchen und auf ihre Eignung hin zu überprüfen sind."* Jean Cocteaus Katze trug ein Halsband mit der Inschrift *„Cocteau gehört mir"*. Georg Stefan Troller antwortete im Fragebogen des Marcel Proust («Auf der Suche nach der verlorenen Zeit») auf die Frage: *„Wer oder was hätten Sie sein wollen: Katze bei Trollers".* Hemingway hielt sich auf Kuba und Key West bis zu fünfzig Katzen, und er begründete seine Liebe zu diesen damit, dass es ihnen gelinge, was er verpasst habe, nämlich das Leben geräuschlos zu durchwandern.

Patricia Highsmith, die allein und zurückgezogen lebte, konnte auf Dauer nur ihre Katzen um sich ertragen. Sie bezeichnete diese als Seelentiere und eine Art lebendiger Gegenentwurf zur Fehlkonstruktion des Gesellschaftswesens Mensch. Ihre Behauptung, dass sie eher eine hungernde Katze auf der Straße füttern würde, statt einem hungernden Kind zu Essen zu geben, falls sie unbeobachtet wäre, ist wahrscheinlich für die meisten unter uns nicht nachvollziehbar.

Auf die Frage, welches sein Lieblingstier sei, antortete Alexandre Dumas Folgendes: *„Ich ziehe es natürlich vor, sagte der Autor der Kameliendame, weder Hund noch Katze zu haben, aber wäre ich gezwungen, mit dem einen oder anderen Tier zu leben, so würde ich eine Katze wählen. Die Katze ist von ihrer Art und Herkunft von Adel, während der Hund aufgrund seiner anbiedernden Art immer ein gewöhnlicher Emporkömmling bleiben wird."* Mit dem zweiten Teil seiner Aussage bin ich allerdings nicht einverstanden, gilt doch der Hund als der beste Freund des Menschen, dem er außerdem unschätzbare Dienste leistet. Denken wir nur an seinen Einsatz bei Naturkatastrophen, wie Erdbeben oder Lawinen, bei denen er Verschüttete aufspürt; mit seiner feinen Nase findet er Opfer von

Verbrechen, Drogen oder Sprengstoff und neuerdings ‚erschnüffelt' er selbst Krankheiten. Für seine Leistungen als Beistand von Behinderten, nicht nur mehr von Blinden und Sehbehinderten, hat sich das Tier längst goldene Lorbeeren verdient.

Florence Nightingale (1820-1910) wohl berühmteste Krankenschwester in der Geschichte hatte in ihrem Leben über sechzig Katzen, denen sie Namen von Politikern wie Disraeli oder Bismarck gab. Sie kann als Beispiel dafür gelten, dass große Tierfreunde nicht unbedingt den Menschen ihre Liebe vorenthalten (*„Seit ich die Menschen kenne, liebe ich die Tiere"*, soweit der im Volksmund bekannte Ausspruch, auf den sich so manche Zeitgenossen beziehen).

Der Dichter Henri de Régnier hatte weder Hund noch Katze und auch sonst keinerlei Tier. Und er erklärte sich dazu folgendermaßen: *„Ich liebe die Tiere zu sehr, um ihnen eine derart schlechte Gesellschaft wie die eines Menschen zuzumuten."*

Die Begeisterung, die da zum Ausdruck kommt, kennt oftmals keine Grenzen, und manch einem mögen die Lobreden unerhört und überspitzt, ja verrückt und einem ‚bloßen' Tier gegenüber unangemessen erscheinen. In diesem Sinne auf die Spitze getrieben hat es der Schweizer Maler Théophile Steinlein, der im Paris des ausgehenden 19. Jahrhunderts tätig war und in den Künstlerkreisen um Toulouse-Lautrec und Aristide Bruant verkehrte. Er malte Werbeplakate für das berühmte Kabarett «Le Chat noir» auf dem Montmartre, arbeitete als Werbeillustrator für diverse Produkte, und auf seinen Plakaten ist oft ein niedliches junges Mädchen (seine Tochter Colette diente ihm als Modell) in der Gesellschaft von Katzen zu sehen, die ungeduldig auf ihre Milch warten. Diesem Künstler wurde vor kurzem eine Ausstellung in einem Brüsseler Museum gewidmet, und als Katzenfreundin war es für mich selbstverständlich, diese zu besuchen.

Neben seinen Werbeplakaten und Graphiken fand sich ein schon durch sein überdimensioniertes Format herausragendes Ölgemälde mit dem Titel «L'Apothéose des chats», auf das ich keineswegs gefasst war – ich hatte es nie als Reproduktion gesehen – und das mich in höchstes Erstaunen versetzte. Dargestellt ist eine große Anzahl Katzen, die auf einem Platz versammelt sind und dem auf einem Hügel ‚thronenden' Artgenossen ihre Ehrerbietung bezeugen. Der Vollmond umgibt diese Katzengestalt, gleich einem Heiligenschein, und die Anspielung auf eine Erlöserfigur ist wohl offensichtlich. Welch' eine gewagte Darstellung für das Jahr 1885! Aber ich entdeckte dort noch einen ganz anderen Théophile Steinlen, einen engagierten Maler, der in seinen Bildern den Alltag der kleinen Leute schildert, die soziale Ungerechtigkeit, aber auch die Grauen des Krieges anprangert. Eine erstaunliche Künstlerfigur!

Die Begeisterung für die Katze treibt also die bizarrsten Blüten, wie auch dieses Beispiel zeigt: Der amerikanische Filmschauspieler Robert Mitchum sagte einmal zu seinem Freund David Niven, dass es viele sensible Seelen gebe, die immer bereit seien zu geben, ohne nach dem Zweck der Spende zu fragen. Zur Veranschaulichung schrieb er auf ein Stück Karton: *„Bitte um eine Spende zum Kauf von Kaviar für bedürftige Katzen."* Nach einer Viertelstunde waren fast fünfzig Dollar eingegangen.

Elizabeth Taylor liebt Tiere – und erlebte sicherlich mit ihnen mehr glückliche Tage als mit ihren vielen Ehemännern. Einer davon soll einmal darauf bestanden haben, in einem Hotel zu wohnen, wo man keine Haustiere duldete. Anstatt sich von ihren Katzen zu trennen, ließ sich „die schönste Frau der Welt" lieber von ihrem damaligen Ehemann scheiden.

Und für manchen mag auch Alberto Giacometti übers Ziel hinausschießen, wenn er sagt, dass er bei einem Feuer, müsse er sich zwischen einem Rembrandt und einer Katze entscheiden, die Katze retten würde. Ich persönlich zolle ihm dafür Respekt.

Nicht nur Quelle der Inspiration für die schreibende Zunft, auch Musiker hat die Felis zu Meisterwerken angeregt:

Maurice Ravel liebte Katzen abgöttisch und hat im Laufe seines Lebens mit mehr als vierzig von ihnen zusammengelebt. Ravel bewunderte die Werke von Colette und vertonte eines ihrer Katzengedichte. Für einige seiner Stücke wurde er scharf kritisiert, weil er meinte, ‚Miauen und Jaulen‘ seien durchaus legitime Inspiration für Komponisten. Ich möchte ihm Recht geben; haben sich nicht Komponisten nach ihm selbst von Straßenlärm, wie Gershwin, oder Industriegeräuschen, wie Karlheinz Stockhausen, anregen lassen?

Scarlattis Katze Pulcinella, nach einer Figur aus der Commedia dell'Arte benannt, soll einmal auf die Tastatur seines Cembalos gesprungen und über die Tasten gelaufen sein, wodurch der Meister zu seiner «Katzenfuge» angeregt worden sei.

Der geniale Rossini, dem wir so große Werke wie den «Barbier von Sevilla», «Die diebische Elster» und den «Wilhelm Tell» verdanken, schrieb das «Duetto buffo per due gatti», das inzwischen sehr berühmt gewordene Duett für zwei Sopranstimmen, das vorzutragen sich stimmgewaltige Operndiven wie Elisabeth Schwarzkopf oder Monserrat Caballé (zusammen mit ihrer Tochter) nicht zu schade waren. Der ‚Text‘ des Stückes beschränkt sich auf das Wort ‚Miau‘.

Albert Schweitzer, hochverdient und -verehrt für seinen humanitären Einsatz als Arzt in Afrika, war auch leidenschaftlicher Pianist. Von ihm stammt der köstliche Ausspruch: *„Es gibt zwei Methoden, dem Elend des Lebens zu entfliehen: ‚Musik und Katzen‘."* Aber er sagte auch: *„Es ist mir nicht wichtig zu wissen, ob* *ein Tier denken kann. Zu wissen, dass es leiden kann, genügt mir, um es als Kameraden zu betrachten."*

Katzenhasser scheinen eine verschwindende Minderheit zu bilden, und ein Urteil wie dieses hat dann auch eher Seltenheitswert: *„...seien Sie auf der Hut: sie umstreift Ihre Beine, um gestreichelt zu werden, eine Kreatur, der man nicht trauen sollte und die nur sich selbst liebt."* *„Sie nähert sich immer auf Umwegen, kommt nicht, wenn man sie ruft, es sei denn, sie erhofft sich etwas."*

(Autor unbekannt).

Alexander der Große, Mussolini und Elisabeth I. mochten Katzen nicht, genauso wie Napoleon – das wurde bereits erwähnt –, der schon Schweißausbrüche bekommen haben soll, wenn er nur ein Kätzchen von weitem sah (allerdings litt er offensichtlich an einer Katzenhaar-Allergie). Da die Katze sozusagen in sich ruht, ist es möglich, dass sie von hyperaktiven Menschen zurückgewiesen wird – das beruht ganz ohne Zweifel auf Gegenseitigkeit. Außerdem scheinen Menschen, die das Bedürfnis haben, ihre Macht zu zeigen, oder solche, die keine Schwächen und Unsicherheiten zeigen können, ein Problem mit der Spezies zu haben. Und dann haben wir jene Zeitgenossen, die vorgeben, diese Tiere nicht zu mögen, ihnen zu misstrauen und die nach einer gewissen Zeit dann doch von der Katze umerzogen werden konnten – schließlich ist sie geduldig. Menschen, die instinktiv Katzen ablehnen, sind oft sehr rational ausgelegt, die es nicht besonders mögen, mit unerklärlichen oder unsichtbaren Phänomena zu tun zu haben, Leute also, die das Bedürfnis haben, dass alles seinen klar definierten Platz hat. Und dann gibt es jene, die sich spontan von Katzen abwenden, da ihre Anwesenheit sie stört wie eine Art ungreifbarer Drohung. *„Ich weiß nicht warum, aber ich fühle mich unwohl in der Gegenwart von Katzen"* –

so hörte ich mitunter. Ist es die (unbewusste) Furcht vor der Fähigkeit der Katzen, uns irgendwie ‚zu erfassen'?

Das Tier eine Person, die Katze eine Persönlichkeit

„Für blinde Seelen
sind alle Katzen ähnlich,
für Katzenliebhaber ist jede Katze,
von Anbeginn an,
absolut einzigartig.
(Jenny de Vries)

„Der Hund, ein Wesen. Die Katze, eine Persönlichkeit."
(Marcel Monpezat)

„Ein Hund wird sich drei Tage lang an das Gute erinnern, das ihm
widerfahren ist; eine Katze hingegen vergisst in drei Tagen,
was sie in drei Jahren an Gutem erfahren hat."
(Sprichwort)

„Hunde kommen, wenn sie gerufen werden;
Katzen nehmen die Mitteilung zur Kenntnis
und kommen gelegentlich darauf zurück."
(Autor unbekannt).

„Künstler lieben Katzen, Soldaten Hunde."
(Desmond Morris)

*„Katzen sind geheimnisvolle Wesen; es geht mehr durch ihren Kopf
als wir uns vorstellen können."*
(Sir Walter Scott; frei übersetzt)

*„Rufen, Befehlen oder Tadeln gegenüber stellen sie sich stumm;
sie bewegen sich mit königlicher Autorität inmitten unserer
Geschäftigkeit, für die sich allenfalls dann interessieren, wenn diese
ihre Neugier wecken oder ihrem Komfort dienen."*
(Jean Cocteau; frei übersetzt)

*„Ich liebe meine drei Katzen, und ich respektiere sie in einem Maße,
dass ich ihnen nicht einmal Namen gegeben habe. Ich kann sie also
nicht rufen, und sie kommen nur, wenn sie Lust dazu haben,
ansonsten sind sie frei."*
(Georges Brassens; frei übersetzt)

Im Gegensatz zum Hundehalter, der der Boss seines Tieres ist, ist
das Höchste, was ein Katzenhalter sich erhoffen kann, dass das Tier
ihn als ebenbürtig anerkennt. Katzen sind Hedonisten, die allem
Anschein nach glauben, dass alles zu ihrem Genuss da ist. Ein eng-
lisches Sprichwort drückt es so aus: *„In a cat's eyes all things belong*

to cats" (in etwa: „In den Augen einer Katze gehören alle Dinge der Katze").

Unser Haustier Katze ist und bleibt also ein unbekanntes Wesen, die mit ihrem ungewöhnlichen Verhalten, ihren Lebensäußerungen, die wohl einmalig genannt werden können, jeden faszinieren, der sich mit ihr beschäftigt. Sie entzieht sich uns, und darin liegt wohl ihr Geheimnis. Und wie wir bereits festgestellt haben, ist sie Haustier und wildes Tier zugleich. Der Schein trügt, wenn wir in ihr die perfekte Salonkatze sehen, denn ihr Verhalten gleicht dem der Großkatzen; sie hat den Charakter des Raubtieres, wenn auch ,en miniature'.

Yves Christen stellt in einem in der Tageszeitung «La Libre Belgique» erschienenen Artikel «Nous sommes tous des animaux» (Wir alle sind Tiere) die Frage: *„L'animal est-il une personne?"* („Ist das Tier eine Person?") und antwortet darauf, dass der Unterschied zum Menschen relativ sei. Das Tier sei eine Person, ein Individuum mit einer Geschichte. Dann kommt er auf Descartes Feststellungen und die zu jener Zeit allgemein vorherrschende Meinung zu sprechen, nach der Tiere weder denken, noch Freude oder Schmerz empfinden könnten. Diese Theorie habe die Wissenschaft inzwischen nicht nur längst verworfen, die Verhaltensforscher hätten darüber hinaus entdeckt, dass Tiere sogar rechnen und sprechen könnten und ein Sozialleben hätten. Das dem Menschen Eigene (,Le propre de l'homme') existiere nicht. Es sei vor unserer Zeit nicht üblich gewesen, das Recht auf Schutz und Schonung für lebende Wesen an ihrer Empfindungs- und Leidensfähigkeit zu orientieren. Im christlichen Abendland habe allein der denkende Mensch als wertvolle Existenz gegolten, wohingegen Tiere als Sachen oder lebende Vorratsspeicher angesehen worden seien, also lästig und damit rechtlos. Menschenwerk sei maßlos überschätzt und alles, was sich in der Natur ohne unser Zutun regelte, als minderwertig betrachtet worden.

Als Tierfreund befindet man sich in der Gesellschaft bedeutender Leute. Montaigne, Spinoza, Schopenhauer, Jean Paul, Friedrich Nietzsche, Emile Zola, Friedrich Hebbel, Robert Walser, Elias Canetti, Sarah Kirsch, Brigitte Kronauer und zahllose andere Berühmtheiten liebten und lieben Tiere und empfanden Mitgefühl und Erbarmen mit der oft geschundenen Kreatur. Montaigne äußerte sich in einem Essay aus dem 16. Jahrhundert: *„Ich bin so empfindlich, dass ich nicht ohne Kummer zusehen kann, wenn einem Huhn der Hals umgedreht wird, und ich will auch nicht hören, wenn ein Hase, den die Hunde packen, verzweifelt wimmert."* Emile Zola: *„Die Sache der Tiere steht höher für mich als die Sorge, mich lächerlich zu machen; sie ist unlösbar verknüpft mit der Sache der Menschen."* Jean Paul: *„Bei den Tieren seh' ich Gott unmittelbar, bei den Menschen nur mittelbar"* und *„Wer meinen Hund am Schwanz angreift, fasst mich an der Nase an."* Elias Canetti: *„Es schmerzt mich, dass es nie zu einer Erhebung der Tiere gegen uns kommen wird, der geduldigen Tiere, der Kühe, der Schafe, allen Viehs. Ich wäre schon erleichtert über einen einzigen Stier, der diese Helden, die Stierkämpfer, jämmerlich in die Flucht schlägt und eine ganze blutgierige Arena dazu. Aber ein Ausbruch der minderen, sanften Opfer, der Schafe und der Kühe, wäre mir lieber. Ich mag es nicht wahrhaben, dass wir vor ihnen nie zittern werden."*

Der Mensch beansprucht für sich, nach dem Ebenbild Gottes erschaffen worden zu sein, und darauf ist er mächtig stolz. Pierre Jouventin, Spezialist für Pinguine, äußerte sich zu diesem Thema und meinte, dass wir in einem Maße von uns eingenommen seien, dass wir – wären wir Hunde – gelehrt über den Geruchssinn dissertieren würden, der uns in dieser Hinsicht weit überlegen ist. Wären wir Geparde, sprächen wir jeder anderen Spezies, die langsamer ist als wir, das Recht ab, sich mit uns zu vergleichen; dasselbe gelte für die Körpergröße, wären wir Wale. Und als Beispiel zu seinem Spezialthema kann gelten, dass junge Pinguine, die sich inmitten von

Tausenden von Artgenossen auf der Scholle tummelten, ihre eigene Mutter wiederfänden, und zwar Dank ihres individuellen Namens, mit dem die Mutter ihr Junges in Ultraschall rufe. Und Yves Christen, der weiter oben schon zu Wort kam, stellt fest, dass das Tier die dem Menschen zugeordneten Eigenschaften mit uns teile, wenn auch nicht in demselben Maße. Hingegen sei uns das Tier auf anderen Gebieten bei Weitem überlegen. Die Frage, ob es dem Tier an Verstand fehle, verneint er und nennt das Beispiel von Wasserhühnern, die die Eier in ihrem Nest zählten und sehr wohl feststellen könnten, wenn ein Parasit darin ein Ei abgelegt habe. Die IQ-Analyse sei irrelevant, da jede Spezies ihre ‚erkenntnistechnischen' Fähigkeiten aufzuweisen habe, die ihren Aufgaben angepasst seien, und der IQ der Menschen eben lediglich diese Intelligenz messe. Unser Mangel an Interesse hätte dazu geführt, dass wir den Tieren ein Sozialleben abgesprochen haben. Hingegen gebe es selbst bei den sanften Schafen eine komplexe Hierarchie. Eine Herde sei keine Ansammlung indifferenzierter Tiere, sondern eine Gruppe von Individuen, und im Falle einer Elefantenherde sei der Zusammenhalt dieser sogar gefährdet, wenn das leitende Weibchen, die ‚Matriarchin' getötet werde. Affen hätten stark ausgeprägte soziale Strategien. So habe man einem untergeordneten Affen beigebracht, das Pedal eines Popcorn-Automaten zu bedienen und ihn anschließend mit einem dominierenden Tier zusammengebracht, der dieses Gerät nicht bedienen konnte, aber dem anderen das Popcorn wegnahm. Der untergeordnete Affe streikte daraufhin so lange, bis das dominierende Tier ihm Respekt zeigte, und erst dann betätigte er erneut das Pedal und teilte das Popcorn mit dem Artgenossen. Auf die Behauptung, Tiere seien ohne Sprache, wartet der Autor mit dem erstaunlichen Beispiel des Border Collies Rico auf, der 200 verschiedene Worte verstehe. Und die Fähigkeit, Gefühle und Stimmungen des Menschen wahrzunehmen, lange noch bevor andere Menschen diese erfassten, sei beim Hund ganz besonders ausgeprägt. Man höre und staune, was der französische Philosoph, Enzyklopädist, Literaturkritiker Diderot, geboren vor fast 300 Jahren, schon damals zu diesem Thema geäußert hat: *„Von diesem Tier, das sich bewegt, agitiert, schreit und dem eure ganze Zuneigung gehört, behauptet ihr, dass es sich um eine reine Imitationsmaschine handele? Die Kinder werden Euch auslachen und die Philosophen werden euch sagen, wenn die Tiere eine Maschine sind, dann seid auch Ihr eine Maschine, vielleicht von einem anderen Typ, aber immerhin eine Maschine."* Dass viele Tiere Dinge wahrnehmen, von denen wir Menschen nicht einmal wissen, dass sie existieren, wird heute kaum noch bestritten.

Aus der Sicht der Biologie ist die Frage «Wieviel Tier ist im Menschen?» (Titel eines «Focus»-Artikels) scheinbar leicht und eindeutig zu beantworten: 100 %. Nur wenige genetische Unterschiede trennten die Zoobewohner von den Zoobesuchern. Die sozialen Verhaltensweisen moderner Menschen seien aber dem Balzverhalten und Imponiergehabe der Affen immer noch so ähnlich, dass ein niederländischer Biologe Geld damit verdiene, Seminare für Top-Manager in Zoos zu veranstalten. Die sollen von den Pavianen, Gorillas und Schimpansen lernen, ihre Unternehmen besser zu führen.

Obwohl dieses Buch den Katzen gewidmet ist, möchte ich hier einmal ganz speziell auf den Hund zu sprechen können, der als der beste Freund des Menschen eine Sonderstellung unter den Tieren einnimmt. In einer deutschen Fernsehsendung, die sich mit dem Hund und seinen Vorfahren beschäftigte, wurde festgestellt, dass dieser ‚zweisprachig‘ sei, da dieses Tier zur Kommunikation, einerseits mit seinesgleichen und andererseits mit seinem bestem Freund, dem Menschen, befähigt sei. Der Hund, der uns besser verstehe als jedes andere Tier, lese in unseren Gesichtern. Eine erstaunliche Feststellung war auch die, dass der Vorfahre des Hundes, der Wolf, nicht belle, der Hund jedoch diese Fähigkeit im Laufe der Evolution entwickelt habe – auch um mit den Menschen kommunizieren zu können!

Es wird niemand bestreiten, dass uns der Hund unzählige Dienste leistet, die nicht hoch genug eingeschätzt werden können. Die Liste seiner Verdienste ist lang: Er rettet Leben bei Naturkatastrophen, steht Behinderten bei, ist treuer Kamerad, nicht nur einsamer Menschen, und er leistet noch viel mehr. Neuerdings erstreckt sich sein Einsatzgebiet auch auf Kliniken. So setzt die Uniklinik Amsterdam einen Beagle ein, der darauf trainiert ist, mit seiner sensiblen Nase gefährliche Darminfektionen zu erschnüffeln. Erkrankte Patienten können so direkt isoliert und behandelt werden. Cliff, so der Name des Hundes, war bereits auf mehreren Schnüffeltouren und lag in 90 % der Fälle richtig. Auch hörte ich, dass man sich des Geruchssinns des Hundes bedient, um spezifische Krebsarten zu diagnostizieren, und speziell trainierte Hunde in der Lage seien, epileptische Anfälle vor Ausbruch festzustellen, sodass Hilfe gerufen werden kann. Bewundernswert!

Dass der Hund nicht nur dem Menschen wertvolle Dienste leistet, sondern in seiner grenzenlosen Gutmütigkeit selbst bereit sein soll, junge Katzen an die Brust zu nehmen, um ihr Überleben zu gewährleisten, das beschrieb Wilhelm Busch in folgendem bezaubernden Gedicht:

Hund und Katze

Miezel, eine schlaue Katze,
Molly, ein begabter Hund,
Wohnhaft an demselben Platze,
Hassten sich aus Herzensgrund.

Schon der Ausdruck ihrer Mienen,
Bei gesträubter Haarfrisur,
Zeigt es deutlich: Zwischen ihnen
Ist von Liebe keine Spur.

Doch wenn Miezel in dem Baume,
Wo sie meistens hin entwich,
Friedlich dasitzt, wie im Traume,
Dann ist Molly außer sich.

Beide lebten in der Scheune,
Die gefüllt mit frischem Heu.
Alle beide hatten Kleine,
Molly zwei und Miezel drei.

Einst zur Jagd ging Miezel wieder
Auf das Feld. Da geht es bumm.
Der Herr Förster schoss sie nieder.
Ihre Lebenszeit ist um.

Oh, wie jämmerlich miauen
Die drei Kinderchen daheim.
Molly eilt, sie zu beschauen,
Und ihr Herz geht aus dem Leim.

Und sie trägt sie kurz entschlossen
Zu der eignen Lagerstatt,
Wo sie nunmehr fünf Genossen
An der Brust zu Gaste hat.

Mensch mit traurigem Gesichte,
Sprich nicht nur von Leid und Streit.
Selbst in Brehms Naturgeschichte
Findet sich Barmherzigkeit."

(Wilhelm Busch)

Temple Grandin:

«Animals Make Us Human»

(in etwa: Tiere machen uns menschlich)

Einer großen zeitgenössischen Wohltäterin der Tiere, die dies-
seits des Atlantiks wenig bekannt sein dürfte, möchte ich das letzte
Kapitel meines Buches widmen. Es handelt sich um Temple
Grandin, auf deren Buch «Animals Make Us Human» (wörtlich
übersetzt: „Tiere machen uns menschlich") ich bei einem meiner
letzten Besuche bei John in Los Angeles gestoßen war. Ich las es nur
teilweise, da sich die Autorin in erster Linie an Menschen wendet,
die beruflich mit Tieren zu tun haben. Wenige Tage, nachdem ich
das Buch der Bibliothek zurückgegeben hatte, strahlte ein dortiger
Sender den Fernsehfilm «Temple Grandin» aus. Diese Verfilmung
von Werk und Leben der 1947 geborenen Tierwissenschaftlerin
war eine wunderbare Entdeckung für mich.

Temple Grandin, die an der Universität Fort Collins in Colorado
lehrt, widmete ihr Leben der Verteidigung der Tiere, und tut es
noch immer. Sie setzte neue Praktiken und Standards in der Vieh-
haltung und in den Schlachthöfen durch. Ganz besonders am Herzen liegt ihr das relative Wohlbefinden von Tieren auf dem Weg zur
Schlachtbank. Die Autorin ist Autistin und leidet selbst unter Ängsten und Zwangsvorstellungen. Man zeigte im Film, welch' große
Überwindung es sie zum Beispiel kostet, automatische Türen zu
benutzen und wie sie diese persönliche Einschränkung zur Entwicklung von Vor- und Einrichtungen zugunsten des Schlachtviehs
nutzte. Sie forderte eine Humanisierung der Schlachthöfe, und zu
ihren Vorschlägen befragt, sagt sie, dass wir diesen Tieren, die uns
ernähren, Mitgefühl und Respekt schuldeten, und es nicht angehe,

dass sie vor dem Schlachten auch noch Stress und Ängsten ausgesetzt seien. Die von ihr zu diesem Zweck entwickelten Neuerungen wurden von fast allen Schlachthöfen der USA übernommen, und diese wohlverdiente Anerkennung des Einsatzes einer selbst oft so schutzlosen Frau für die wehrlosen Tiere ist eine großartige Erfolgsgeschichte zu nennen.

Mein Bekanntwerden mit Temple Grandin erhielt aber noch einen krönenden Abschluss, als die Schauspielerin Claire Danes, die Temple Grandin im Film verkörpert, 2011 mit dem „Golden Globe" ausgezeichnet wurde. Da ich mich zum Zeitpunkt der Verleihung der Preise in Amerika aufhielt, konnte ich die Zeremonie im Fernsehen verfolgen. Die echte Tierschützerin war anwesend und hatte ihren Platz neben der Preisträgerin. Als Letzere aufgerufen wurde, nahm sie Temple Gradin bei der Hand, und die beiden Frauen betraten zusammen die Bühne, um gemeinsam den Preis entgegenzunehmen. Es war ein bewegender Moment, ein weiteres großes Kompliment, das man Temple Grandin ja bereits mit der Verfilmung ihres Lebens und Schaffens gemacht hatte. Auch das ist Amerika – im 21. Jahrhundert!

Das Sonntagsgeschenk und ein großes Kompliment zum Schluss

Meiner Schlussfolgerung möchte ich noch einige interessante, tiefgründige und schöne Zitate in chronologischer Reihenfolge voranstellen:

„Der Tag wird kommen, an dem Menschen wie ich die Tötung eines Tieres genauso bewerten werden wie die Tötung eines Menschen."
(Leonardo da Vinci; 1452-1519)

„Es ist kaum zu glauben und beschämend, dass weder diejenigen, die uns indokrinieren noch die, die Moral predigen, ihre Stimme gegen die Misshandlung der Tiere erheben."
Voltaire; 1694-1778)

„Das Herz eines Menschen kann man daran erkennen, wie er Tiere behandelt."
(Immanuel Kant; 1724-1804))

„Die Liebe zu allen Lebewesen ist die edelste der menschlichen Tugenden."
(Charles Darwin; 1809-1882)

„Solange Sie kein Tier geliebt haben, wird ein Teil Ihrer Seele ohne Glanz und Leben sein."
(Anatol France 1844-1924)

„Die Größe einer Nation und ihr moralischer Fortschritt können daran gemessen werden, wie diese die Tiere behandelt."
(Mahatma Gandhi; 1869-1948)

Handelt das erste Kapitel vom Auffinden der vier Katzen – ich nannte es «Das Sonntagsgeschenk», so möchte ich schlussfolgern, dass Martina, Carmen, Isabel und Picasso das im wahrsten Sinne des Wortes waren. Die Tiere machten unser Leben reicher, auch wenn wir Einschränkungen hinnehmen mussten, was auf den ersten Blick paradox erscheinen mag. Auf den zweiten Blick wurde uns jedoch lediglich auferlegt, dass wir uns entsprechend organisierten und arrangierten. Wenn wahr ist, dass der Mensch an seinen Aufgaben, an neuen Pflichten und an neuer Verantwortung wächst, so waren wir auch in dieser Hinsicht reichere Menschen geworden. *„Im Umgang mit Katzen kann man sich nur bereichern"*, dieses Colette-Zitat möchte ich an dieser Stelle wiederholen. Der Gedanke, dass wir vier Leben erhalten konnten, machte uns froh, und wir schätzten uns glücklich, dieses in reichhaltiger Weise um uns zu haben. Die Zuneigung und Freundschaft der Tiere entschädigte uns reichlich für etwaige ‚Zwänge' die wir vorher nicht kannten.

„Im Umgang mit Katzen kann man eine Menge über den Menschen lernen", auch dieses schon früher erwähnte Zitat fanden wir bestätigt. Die Katzen hatten Charakter, wenn nicht sogar Charisma, und ich schätzte darüber hinaus ihre ‚weiblichen' Eigenschaften:

anspruchsvoll-wählerisch, gepflegt, elegant-graziös, und die auf genügend (Schönheits-?) Schlaf achteten.

Ich bewunderte ihre Lebenskunst, ihren Humor, ihre Neugier, und als ehemalige Turniertänzerin war ich von ihrem Körperbewusstsein ganz besonders angetan. Carmen und Martina waren nur zehn Lebensjahre beschieden, aber ich glaube sagen zu können, dass es zehn reiche Jahre waren.

Ein großes Kompliment an die beiden, aber auch an Isabel, die allzu früh Verunglückte und an den liebenswürdigen Kater Picasso, dem bei Bruder und Schwägerin 15 glückliche Lebensjahre vergönnt waren. Allen vier Tieren verdanke ich diesen Text.

Literatur-Zitaten-Verzeichnis

Theodor Storm: «**Von Katzen**» – Stanley Spencer – Jean Cocteau – Judith Merkle Riley – Edward de Bono – Honoré de Balzac – Anny Duperey: «**Les chat de hasard**» – Georges Brassens – Odile Dormeuil – Dr. Med vet. Eric Vanden Eynde: «Fressen müssen Hund und Katz, aber was?» – Dr. Med vet. Eric Vanden Eynde: «**Sanfte Heilkundler heilen gut**» – Christian d'Orangeville: «**Bien nourrir son chat**» – Wesley Bates – Georgia Strickland Gates – Wilhelm Raabe – Colette – Carl van Vechten – Sylvia Warner – Lady Sydney Morgan – Francis Jammes – Octave Mirabeau – Arthur Schopenhauer – G. B. Shaw – Colette – Jules Champfleury – Konrad Lorenz – Camille Paglia – Alphonse Allais – Marcel Aymé: «**Le chat perché**» – Paul Gallico: … Jules Renard – James Mason – Collin de Plancy: «**A la gloire des chats**» – Charles Baudelaire: … – Georgio Armani – Robert Southey – Thomas Sterne Eliot: «**Old Possum's Book of Practical Cats**» – Leonor Fini – H. David Thoreau – Jules Champfleury – Louis Nucéra – Jenny de Vries – Fr. Theodor Vischer – Leonardo da Vinci – Dr. Gauchet Toulouse – Anja Tomczak – La Rochefaucault – Guy de Maupassant – Paul Strathern – Camilia Pagli – Dr. Dehasse/Dr. De Buyser: «**Le chat cet inconnu**» – Dirk Meursing: «**Auf eine Mieze und eine Katze**» – James Krüss – Michel de Ghelderode – Jeremy A. White – Dr. Dehasse/Dr. De Buyser: «**Le chat cet inconnu**» – Marion Garetti – Colette – Vicky Myron/Bret Witter: «**Dewey The Small-Town Library Cat Who Touched The World**» – La Rochfaucauld – Joachim du Bellay – Frederik Vahle – Victor Hugo – Lichtenberger – Rainer-Maria Rilke – Colette – Carl van Vechten – Mark Twain – Charles Régismanset – Georges Brassens – Renate Just – Georges Eliott – Anny Duperey: «**Les chats de hasard**» – E.T.A. Hoffmann: «**Kater Murr**» – Charles Baudelaire – Hippolyte Taine – Erasmus Darwin – Théophile Gautier – Pierre Loti – Théophile Gautier: «**Intime Ménagerie**» –

Torquato Tasso: «**Auf die Katzen im Irrenhaus St. Anna**» – Peter Rühmkorf – Werner Koch – Elias Canetti – Alexandre Dumas – Henri de Régnier – Albert Schweitzer – Jenny de Vries – Marcel Monpezat – Desmond Morris – Sir Walter Scott – Jean Cocteau – Georges Brassens – Yves Christen: «**Nous sommes tous des animaux**» – Montaigne – Emile Zola – Jean Paul – Elias Canetti – Pierre Jouventin – Wilhelm Busch: «**Hund und Katze**» – Temple Grandin: «**Animals Make Us Human**» – Leonardo Da Vinci – Voltaire – Immanuel Kant – Charles Darwin – Anatol France – Mahatma Ghandi